Au Cœur du Texte

Collection dirigée par

Giovanni Bogliolo

Recteur de l'Université d'Urbino

Jean Bruller dit Vercors vers 1950.

Vercors

Le silence de la mer

Édition présentée, annotée et analysée par

Anna Maria Scaiola

Professeur à l'Université de la Basilicata, Potenza

Couverture :
« La nièce » par Anna et Elena Balbusso

Illustrations :
Albin Michel ; Cinéstar.

Pour toute suggestion ou information la rédaction peut être contactée :
info@blackcat-cideb.com
blackcat-cideb.com

Imprimé en Italie par L.E.G.O, Lavis - Trento

Introduction

Un livre clandestin

Je suis devenu écrivain
à cause de la guerre.
Vercors

C'est un dessinateur, illustrateur, graveur, et donc pas un écrivain professionnel, du nom de Jean Bruller, qui a publié secrètement en 1942, sous l'occupation nazie, le livre le plus célèbre de la Résistance française. Sous la pression des circonstances historiques, cet artiste de l'art graphique, change à quarante ans de mode d'expression, même si l'écriture apparaît comme la prolongation du dessin : « J'ai toujours dessiné *pour dire*. En ce sens, j'étais déjà un écrivain qui s'ignorait. Et ce que j'ai eu à *dire*, après la guerre, [...] l'écriture l'exprimait bien mieux » [1].
Il écrit alors *Le Silence de la mer*, sous le pseudonyme de Vercors, pour *dire*, pour traduire en acte l'opposition des intellectuels à l'envahisseur allemand, convaincu qu'une œuvre littéraire, sans cesser d'être telle, peut constituer une action de refus politique et être le moyen de diffusion d'une position idéologique. L'exigence de la dénonciation de la guerre rappelle l'intelligentsia à ses responsabilités et à l'engagement. Dans une société marquée par le conflit, l'intellectuel s'interroge sur son rôle.
Dans sa réflexion sur les rapports de la littérature avec les urgences d'un tel contexte socio-historique, Bruller constate avec préoccupation en 1940 que certains écrivains se laissent attirer par la propagande de Vichy et sont tentés de collaborer avec l'ennemi :

> En 1941 j'ai pris pour la première fois la plume et écrit *Le Silence de la mer* parce que personne ne le faisait et qu'il fallait bien que quelqu'un se décidât. J'ai écrit cette histoire parce qu'il fallait que subsistât, pour l'avenir, le témoignage qu'une conscience française pouvait, en pleine guerre, décider sans haine de lutter jusqu'à la mort ; et aussi pour qu'à l'étranger on ne doutât pas plus longtemps de la fidélité de la France à sa destinée spirituelle ; et aussi pour aider les consciences encore hésitantes à surmonter la tentation diabolique de céder aux avances d'un vainqueur implacable ; et aussi pour conforter les consciences plus fermes en leur prouvant qu'elles n'étaient pas « seules » ; et probablement pour mainte autre raison moins explicite.[2]

Le Silence de la mer devait être publié en octobre 1941 dans *La Pensée libre*, revue clandestine dirigée par Pierre Lescure, qui publiait des articles contre le nazisme, le gouvernement installé à Vichy et en faveur de l'Angleterre. Mais la Gestapo emprisonna l'imprimeur, fusilla les rédacteurs, détruisit le matériel de la revue qui cessa de paraître. L'idée vint à Bruller de publier lui-même son œuvre : il fonda alors clandestinement les Éditions de Minuit, une maison d'édition, qui édita durant l'occupation allemande une quarantaine d'auteurs (dont Mauriac, Gide, Aragon, Éluard...) et qui existe encore aujourd'hui. Sa première publication fut *Le Silence de la mer*, achevé d'imprimer le 20 février 1942 et tiré à 350 exemplaires.
Les frais avaient été couverts par une souscription. L'imprimeur fut un modeste artisan insoupçonnable qui travaillait la nuit et l'auteur se chargea lui-même du brochage de l'œuvre, avec de la colle de menuisier, dans la cuisine d'une amie : le petit livre de 96 pages, élégant, sur beau papier et couverture repliée, témoignait des soins apportés à un produit culturel, même en temps de guerre.
La diffusion fut d'abord restreinte. Le livre, distribué en zone libre, à Lyon, à Clermont-Ferrand, à Marseille, circulait à Paris copié à la main et dactylographié. Plus tard il fut largement

diffusé par la Résistance, traduit en anglais et réédité à Londres par De Gaulle, et même parachuté sur papier bible par l'aviation anglaise.
Personne jusqu'à la Libération ne connaîtra la véritable identité de l'auteur qui se cachait sous le pseudonyme de Vercors. Pendant trois ans des noms d'écrivains célèbres avaient circulé : Martin Du Gard, Gide, Duhamel, Mauriac. Quand on découvrit que Vercors était le dessinateur Bruller et surtout que *Le Silence de la mer* était sa première œuvre, il y eut une réaction de surprise.
Comme nom de guerre Bruller avait choisi celui du massif des Préalpes françaises, le Vercors, une « forteresse naturelle » située dans une des régions de France, le Dauphiné, qui servit de refuge à de nombreux résistants, et où les maquis devaient se battre le plus courageusement en 1944. Il a expliqué les raisons du choix de ce nom sonore associé à une tension commune vers la liberté :

> L'armistice [1939] me trouva au pied du Vercors, et coupa court à mes projets d'en gagner les hauteurs avec mes hommes pour y défendre notre liberté. De là vint que plus tard j'en ai emprunté le nom pour défendre la liberté de notre esprit. Et que plus tard encore, je ne fus pas surpris qu'un maquis s'y fût réfugié. [3]

Un silence éloquent

Selon Vercors face à la propagande allemande et à la tentation de collaborer avec l'ennemi, la seule attitude digne pour un écrivain, un artiste, c'était *au moins* le silence, un silence qui ne signifiait pas résignation, obéissance, mais, au contraire, mépris, rage.
Dans *Le Silence de la mer* le terme « silence », qui parcourt tout le texte est employé au moins trente fois. Sous le silence obstiné que l'oncle et la nièce opposent à l'officier allemand, hôte indésirable, on pressent l'agitation de réactions contradictoires, de changements intérieurs imprévus, d'émotions inavouées. Une

tranquillité apparente et une lutte souterraine : dans un récit « sans bruit et sans fureur » se cachent violence et combat.
C'est l'opposition calme/ouragan qui relie les deux termes du titre, le silence et la mer, comme l'indique le narrateur dans un bref passage du texte (p. 58). Vercors a déclaré que l'image ambivalente et trompeuse de la mer, « toit tranquille » pour Paul Valéry, l'a toujours poursuivi à cause du contraste dissimulé et non manifeste entre sa surface et ses abîmes : en apparence calme et silencieuse sous le ciel bleu, la mer au fond recèle la mêlée incessante et cruelle des bêtes qui s'entre-déchirent, s'entre-dévorent.
Mais la signification du silence s'élargit, à partir de cette famille française, au silence de toute la France occupée. Un silence qui rongeait tous ces hommes comme un mal sans cesse présent, comme il l'a dit dans un essai au titre symptomatique, *Souffrance de mon pays* [4].
Il ne s'agissait pas d'évoquer seulement le silence que la France s'était imposé ou celui qui lui était imposé, mais surtout de représenter « ce qui grouillait sous ce silence [...], un grand courant d'amour et de révolte nous traversait ensemble, silencieusement pour la patrie souffrante et humiliée » [5].
Dans *Le Silence de la mer*, l'officier tente de persuader la famille qui le loge des bons sentiments de l'Allemagne envers la France. Il y parviendra presque, et sera même sur le point de gagner, par sa sincérité, la confiance de la jeune fille. Et pourtant elle ne dira pas un mot : « Je n'ai pas eu à me forcer pour la rendre si étrangement muette. Avant même de prendre la plume je m'étais dit : La fille ne dira pas un mot » [6].
Vercors a motivé l'impossibilité pour la jeune fille de parler, par un épisode de sa biographie, une expérience personnelle vécue dans son village, à Villiers-sur-Morin. À son retour, après la défaite et l'armistice, il trouve sa maison occupée par un officier allemand qui la quitte aussitôt avec la plus grande affabilité, pour laisser place à la famille reconstituée. Quelques jours plus tard,

l'officier, ayant croisé Vercors au village, le salue aimablement avec un sourire : il ne lui rend pas son salut, la nuque raide. Vercors rencontre l'Allemand souriant pendant des semaines, mais chaque fois il détourne la tête et ne répond pas au salut. La jeune fille se comportera de façon analogue : « Après s'être ostensiblement tue deux jours, cinq jours, dix jours, elle ne pouvait plus, même pendant six mois, rompre ce silence sans se renier, sans renier sa conviction la plus profonde, sans paraître donner enfin raison à l'officier ennemi » [7]. Ce dernier d'ailleurs aurait donné une valeur excessive à un premier mot qui aurait démontré un repentir, un regret. Ce silence inentamé sera rompu un instant seulement, à la fin, par un imperceptible « Adieu » qui marque l'impossibilité définitive de la communication.

Le « bon » Allemand

On a reproché à Vercors que son Allemand apparaissait trop raffiné, trop aimable et humain. André Breton a parlé de cette ambiguïté dans *Arcane 17* (1945) rappelant que les lecteurs innombrables du *Silence de la mer* se trouvèrent aussitôt répartis en deux camps. Les uns y voyaient un effort inestimable pour surmonter le conflit sans pour cela cesser de le vivre dans toute sa rigueur et pour ressaisir les véritables valeurs humaines. Les autres le dénonçaient comme un faux, un exécrable exploit de la propagande allemande, une manœuvre des collaborateurs.
Vercors a justifié sa caractérisation positive de l'officier des armées d'occupation comme « le meilleur des Allemands possible », justement pour rendre plus convaincant et persuasif le « message » de son récit. S'il avait peint une brute sanguinaire, l'entente entre les personnages n'aurait pas été concevable. Et Sartre, en 1948, dans *Situations II*, donnera tout à fait raison à Vercors affirmant qu'une œuvre qui aurait présenté aux Français en 1941 les soldats allemands comme des ogres eût fait rire et

manqué son but.
Si l'officier allemand s'était montré grossier ou agressif, le refus des deux Français aurait été prévisible et insignifiant. En revanche Vercors voulait démontrer que même avec le meilleur des Allemands imaginable, musicien et francophile, fût-il, comme on disait d'Otto Abetz – ambassadeur d'Hitler à Paris – un grand ami de la France, tout rapport amical aurait été une duperie, sinon une trahison.
Par fidélité à son œuvre de dessinateur dans laquelle il avait dénoncé, pendant quinze ans, comme les plus grands maux la bêtise, la violence et la haine, Vercors fait le portrait d'un Allemand sympathique. Pourtant le récit devait montrer que le premier désir d'un Français était de résister à cette sympathie et de se retrancher dans le refus. Pas de haine mais son contraire, l'amour [8]. Un débat cornélien entre amour et devoir, une complication qui ajoute un ultérieur déchirement : cet amour entre ennemis est un amour impossible.
La nièce, en bonne patriote, repousse les sentiments que lui inspire l'officier. Dans le roman de Maurice Barrès *Colette Baudoche* (1909), une jeune fille de Metz qui vit avec sa grand-mère refuse le mariage avec un soldat prussien. Il est logé chez elles et aime la musique, les livres et l'histoire. Après le souper, tous les trois passent la soirée en causant, mais la jeune fille, pas plus que l'héroïne de Vercors, n'acceptera l'amour du gentil Prussien qui essaye de se faire oublier comme ennemi.
Dans *Le Silence de la mer*, le conte *La Belle et la Bête*, évoqué par l'Allemand comme exemple d'une douce et longue habitude qui arrive à susciter compréhension et amour, fait allusion à la constance d'une conquête lente et progressive. L'Allemand est sincèrement épris de la France, de sa culture, de son peuple ; il prêche l'amour et la réconciliation dans son monologue qui dure six mois ; mais, malgré sa sincérité et son ton enchanteur, il ne parviendra pas à convaincre vraiment des nobles intentions allemandes, ceux à qui il s'adresse :

> Il fallait que ce fût le meilleur des Allemands possible, avec toute sa séduction, puisque mon récit avait pour but de faire comprendre à mes lecteurs, et en premier aux écrivains, qu'il ne fallait pas se laisser séduire, même par Otto Abetz « grand ami de la France », ni par un Drieu La Rochelle et sa *Nouvelle Revue Française*, ni par un Ernst Jünger, auteur d'un livre Jardins et Routes, plein d'amabilité et d'amour pour notre pays. Jünger ne pouvait être que dupe ou complice des nazis. C'est ce que comprend lui-même, à la fin du récit, Werner von Ebrennac : en tentant de séduire cette jeune fille et son oncle, il s'est fait à la fois dupe et complice des plus abominables ennemis de la France et de l'Homme. Ce qu'on n'a pas non plus toujours compris, c'est qu'en allant se battre néanmoins pour Hitler et les siens, il se reniait lui-même, en bon Allemand obéissant. Ce qui justifiait plus encore le silence de ses hôtes. [9]

Si l'officier n'avait pas été le meilleur des Allemands possible, la nouvelle aurait perdu sa signification. Le « bon Allemand » se révèle, malgré lui, un menteur ou une dupe. Dans sa dernière confession il avoue que, sans le vouloir, il a berné ses hôtes, et par honnêteté les prévient qu'il a menti. L'idée du voyage à Paris et du colloque entre l'officier et ses camarades qui lui expliquent leurs véritables intentions contre le pays vaincu, a été donnée à Vercors par un ami qui avait assisté à une conversation au café entre un officier et un civil allemands. L'officier s'indignait de tous ces sourires que le gouvernement allemand faisait à la France, à Pétain, quand on avait l'occasion de régler les comptes pour toujours. Le civil avait répliqué, plus ou moins : « Tu ne comprends donc pas qu'on est en train de les rouler ? Il faut les endormir pour effacer la France de la carte. C'est de la frime ; c'est pour qu'ils se laissent faire gentiment ».
Le choc de cette révélation accélère le rythme du récit qui précipite vers son tragique dénouement. La fin n'est pas heureuse comme dans les contes de fées. Après l'atroce désillusion du séjour à Paris, l'Allemand ne se révolte pas contre le régime hitlérien, même s'il sort de la scène en se reniant lui-même. Il

continuera à combattre en se proposant pour une mission au front qui masque une volonté de suicide. Cependant il ne se dissocie pas de l'entreprise nazie. Dans une conférence en 1964 Vercors a affirmé :

> Et c'est avec chagrin que je dus me résoudre à terminer la nouvelle selon la vérité, c'est-à-dire avec le départ du jeune homme pour le front avec sa soumission disciplinée aux ordres de ses maîtres bien qu'il sût que ces ordres étaient criminels [...] ; cette fin [...] exprimait mon affreuse déception qu'il ne restât aucun Allemand en Allemagne – tous les autres étant morts ou dans des camps de concentration – capable de se révolter contre la bande de meneurs de loups qui avait asservi l'Europe. [10]

Le meilleur des Allemands possible se fait complice et frappe tout son peuple d'une condamnation plus implacable que s'il se fût agi d'un criminel.

L'Allemand referme la porte pour la dernière fois, après l'adieu, non sur un visage amer, mais sur un sourire, le sourire qu'il avait dès son arrivée. L'auteur a sans doute voulu ainsi lui laisser la possibilité un jour de se révolter.

La brume glacée d'un avenir douteux enveloppe la chute de l'espoir, la déception de tous les personnages. L'oncle et la nièce se retrouvent silencieux comme au début, peut-être modifiés, mais sûrement encore plus seuls.

L'écrivain comme artisan

Jusqu'au XVIIIe siècle, dans l'usage linguistique, on ne faisait pas nettement la distinction entre *artisan* et *artiste* : personne qui pratique un art, une technique, même esthétique. Vercors, dessinateur et graveur au début de sa carrière, donc artiste qui exerçait un métier où vont de pair créativité et habileté manuelle, a été pendant une certaine période de sa vie, dès 1939 à cause de la guerre, un simple menuisier. Il est devenu écrivain en se considérant un ouvrier de la littérature qui, avec patience et minutie, travaille à son produit, souvent imposé par les circonstances ; l'écrivain – artisan se met au service des exigences de son temps : « J'écris comme je travaillais le bois à l'époque où j'étais menuisier faisant de mon mieux des fenêtres quand il fallait des fenêtres, des portes quand il fallait des portes. »[11]
Lecteur attentif de Victor Hugo, d'Anatole France, de Jules Romains, et en particulier de Marcel Proust, il a cherché sa technique narrative surtout chez les auteurs de langue anglaise comme Joseph Conrad, ou Katherine Mansfield. Il refuse l'idée d'un narrateur démiurge omniscient capable de visiter les « calottes crâniennes », qui connaît et interprète même la vie intérieure de ses personnages. Et il fait sienne la leçon de ces romanciers qui préfèrent un narrateur, observateur et témoin. Il se limite à enregistrer ce qu'on peut voir et entendre : les paroles, les comportements, les gestes extérieurs de ses personnages. Leur vie intérieure s'offre alors à l'interprétation du lecteur qui utilise les suggestions indirectes du narrateur. Le narrateur est le seul à avoir le droit de révéler ses pensées et ses réflexions.
Le vieil oncle narrateur est au début l'observateur détaché qui raconte et actualise les événements d'un passé assez récent. Il rapporte avec attention les attitudes et les discours de l'officier, et les variations de comportement de la nièce. Mais au cours du récit lui-même est impliqué émotivement dans la dynamique de la situation, et il commente, réfléchit, trahissant sa participation.

Une composition presque théâtrale

Vercors hésite à attribuer son œuvre à un genre précis : il la définit *nouvelle*, on présume pour sa brièveté, son unité d'action et le peu de personnages ; ou *roman*, même si court, d'analyse, symbolique, d'actualité historique ; ou aussi *récit*, dans le sens gidien de composition linéaire et dépouillée. Mais la structure de cette œuvre est essentiellement théâtrale : de brefs chapitres comme des scènes, deux parties comme deux actes. L'intérieur d'une maison, un salon bourgeois en province, constitue le décor fixe de la confrontation entre les trois personnages, souvent immobiles et se faisant face. Un drame à huis clos, dans un espace enfermé, où le silence même pour la jeune fille devient « prison ». L'extérieur géographique n'est pas précisé ; on pourrait déduire que l'action se déroule en Brie, à l'est du bassin parisien, mais l'incertitude de la région suggère que n'importe où, en France, des patriotes inconnus opposent leur refus silencieux, une sorte de résistance domestique, à l'occupant nazi.
Le monologue aussi de l'officier allemand a une organisation dramatique. Le narrateur-metteur en scène guide ses entrées par la porte, ses déplacements, ses arrêts, ses gestes, ses expressions, les modulations de sa voix, ses pauses à effet.
L'oncle et la nièce ne parlent pas, mais ils jouent leur rôle à travers leurs attitudes et le langage du corps et des yeux. Le jeu de l'échange des regards et du mouvement des mains accorde aux personnages-acteurs une interprétation contrôlée et intimiste.
Le dessinateur persiste sous l'écrivain : le trait est net et décisif, et nombreux sont les éléments visuels qui invitent le lecteur à « voir », comme par exemple dans la scène de l'Allemand qui joue de l'harmonium, silhouette essentielle et allongée, suggérée par les lignes du buste et des mains et l'inclination de la tête. La succession de phrases brèves et la concision presque classique de la narration construisent un récit dépouillé, condensé, resserré.
Le parallélisme de certaines scènes confère une structure

répétitive au récit : à la première entrée de l'officier dans le salon, correspond celle de la dernière rencontre ; les modalités de ses visites sont toujours semblables, comme s'il suivait un rituel fixe. De même les habitudes quotidiennes de l'oncle et de la nièce se répètent avec régularité : elles ne sont pas – et cela volontairement – changées par l'arrivée de « l'étranger ». Une présence inquiétante, annoncée, qui arrive dans la nuit, et qui, émergeant de l'ombre, apparaît démesurée.

Son long monologue dure environ six mois, de l'hiver 1940 au mois de juillet 1941, occasion de la dernière confession déchirante. Mais le contexte de la seconde guerre mondiale, déjà évoqué au début par « l'invasion » des soldats allemands dans la maison de deux civils de province, est confirmé seulement à la fin du récit par la date apposée « octobre 1941 », soit un décalage de quelques mois entre le temps de l'histoire et le temps de la narration.

L'auteur a cherché un sujet vraisemblable pour nourrir ce long discours : la comparaison France / Allemagne constitue le noyau thématique des interventions sans réponse de l'officier. Cette juxtaposition centrale génère toute une série d'oppositions où elle se reproduit en couples de variations : Esprit / Force, Amour / Haine, Lumière / Ombre, Parole / Silence, Belle / Bête, Chartres / Nuremberg, Paix / Guerre.

Entre ces oppositions, aucune possibilité de conciliation, malgré l'espoir de l'officier. Seulement dans les contes de fées, la Belle arrive à s'unir à la Bête. La guerre est un processus irréversible que même l'amour ne peut arrêter : cause de la rencontre, la guerre sera la cause de l'adieu. L'auteur constate l'impuissance des hommes « de bonne volonté », à empêcher le conflit, une fois déclenché, même s'il est au moins possible de déclarer son propre « refus » radical.

Absurdité de la guerre

Les massacres, les tueries inutiles de la guerre, les réalités intolérables et l'horreur des camps de concentration ont donné à Vercors une conscience graduelle de « l'absurdité » d'un univers où la guerre représente l'absurdité suprême. Un monde atroce et stupide, dans lequel l'homme doit refuser de « se dénaturer ». La réflexion sur l'événement de la guerre conduira Vercors, dans sa très riche production postérieure au *Silence de la mer*, à élaborer une définition de « l'humanisme », à s'interroger sur la notion « d'homme » et sur ce qui fait sa « qualité » : « L'humanité n'est pas un état à subir. C'est une dignité à conquérir. Dignité douloureuse. On la conquiert sans doute au prix des larmes. » [12] La guerre enlève sa dignité à l'homme, mais c'est à travers la rébellion aux forces qui l'entraînent vers l'animalité, qu'il donnera un sens à la vie, une raison à l'existence. Et c'est par cette rébellion, qui lui est propre, que l'Homme se différencie essentiellement de l'Animal.
Après la Libération, Vercors a joué le rôle « d'écrivain public », il a parcouru le monde afin d'y faire connaître ce qu'avait représenté la Résistance, et tout d'abord la Résistance des intellectuels dont *Le Silence de la mer* était l'expression comme une sorte d'œuvre « collective ».
Sartre, mauvais prophète, avait décrété en 1948 sur *Le Silence de la mer* : « Un an et demi après la défaite, il était vivant, virulent, efficace. Dans un demi-siècle il ne passionnera plus personne. Un public mal renseigné le lira encore comme un conte agréable et un peu languissant sur la guerre de 1939. » [13] Œuvre « d'occasion » ou de « circonstance », *Le Silence de la mer* a eu un énorme retentissement même à l'étranger, il a été traduit en plusieurs langues [14], et en France encore aujourd'hui il est réédité constamment avec succès en livre de poche. Démonstration éditoriale d'une « efficacité » et d'une vitalité encore intactes.

Notes :

1. *À dire vrai,* entretiens de Vercors avec G. Plazy, Paris, F. Bourin, 1991, p. 100.
2. *Plus ou moins Homme,* Paris, Albin Michel, 1950, p. 232.
3. *Portrait d'une amitié,* Paris, Albin Michel, 1954, p. 79.
4. *Souffrance de mon pays,* dans *Le sable du Temps,* Paris, Émile-Paul Frères, 1946, p. 28.
5. *De la Résistance à la philosophie,* Conférence donnée au Centre de Philologie et de Littératures romanes de Strasbourg le 8 décembre 1966, dans « Travaux de linguistique et de littérature », 5, Strasbourg, 1967, pp. 223-240.
6. *À dire vrai,* cit., p. 32.
7. Ibidem.
8. Cf. *De la Résistance à la philosophie,* cit.
9. *À dire vrai,* cit., p. 32. Cf. aussi *La Bataille du Silence.* Souvenirs de Minuit, Paris, Les Éditions de Minuit, 1992 : automne 1940 - automne 1942.
10. Conférence demandée par les Universités américaines à l'auteur du *Silence de la mer,* dans *Le Silence de la mer,* Paris, Club des Libraires de France, 1964, p. 186 et suivantes.
11. Cf. *Plus ou moins Homme,* cit., p. 302.
12. *Les Animaux dénaturés,* Paris, Albin Michel, 1952, p. 306.
13. J.-P. SARTRE, *Situations II,* Paris, Gallimard, 1947, p. 122.
14. En Italie la première traduction par Natalia Ginzburg est de 1945 (Torino, Einaudi).

Repères Chronologiques

Vie et œuvre de Vercors

1902	Jean Bruller naît à Paris le 26 février, exactement cent ans après la naissance de Victor Hugo (« qui n'a jamais quitté la place d'honneur, dans la bibliothèque de mon père, ni plus tard dans la mienne »). Son père avait émigré en France de sa Hongrie natale et était devenu propriétaire d'une petite maison d'éditions.
1913	
1914-1918	« De douze à seize ans, patriote à tous crins. Je dessinais des caricatures du Kaiser et du Kronprinz, les mains sanglantes, sur une montagne de têtes de morts ; ou de balourds soldats allemands venant se rendre pour une tartine de confiture ». Il lit Anatole France.
1919	Baccalauréat après avoir fréquenté l'École Alsacienne à Paris.
1922	Diplôme en 1922 d'ingénieur-électricien. Mais avec la « décision irrémédiable de ne pas entrer dans l'industrie ». Il lit Gide.
1924	Nommé sous-lieutenant de réserve ; il passe six mois en Tunisie.
1925	

Contexte historique et culturel

Ministère Combes.
Barrès, *Leurs figures* ; Gide, *L'Immoraliste* ; A. France, *L'Affaire Crainquebille.*

Poincaré est élu à la Présidence de la Troisième République ; il est surnommé « Poincaré la guerre » pour sa politique extérieure.
Alain-Fournier, *Le Grand Meaulnes* ; Apollinaire, *Alcools* ; Proust, *Du côté de chez Swann*, première partie d'*À la Recherche du temps perdu* (1913-1927).

Première guerre mondiale.
Barbusse, *Le Feu* (1916), sur les massacres de la guerre.

Mussolini au pouvoir en Italie.
Einstein obtient le Prix Nobel de physique.
Mauriac, *Le Baiser au lépreux* ; Valéry, *Charmes*.
Martin du Gard, *Les Thibault* (1922-1940), roman-document de la crise de l'avant-guerre.
Joyce, *Ulysse*.

Traité de Locarno (cf. p. 17, n. 2).
Gide, *Les Faux-Monnayeurs* ; Supervielle, *Gravitations*.

Vie et œuvre de Vercors	
1926	Publication de son premier volume de dessins : *Vingt et une recettes pratiques de mort violente*, un manuel humoristique pour choisir « son mode de trépas ».
1927	Album de dessins : *Hypothèses sur les amateurs de la peinture*. Il lit Proust.
1929	Album de dessins : *Un homme coupé en tranches*, série de portraits d'un même individu vu par son père, par son fils, par son patron… Illustration de 1992 d'André Maurois et du poème d'Edgar Poe, *Le Corbeau*.
1930	Illustrations de romans de Kipling et d'un livre pour enfants d'André Maurois, *Patapouf et Filifers*. Il commence une collaboration qui durera huit ans avec la revue « Arts et Métiers graphiques ».
1931	Album de dessins pour enfants : *Mariage de M. Lakonik*.
1932	Illustration de la pièce de Racine, *Les Plaideurs*.
1933	
1934	Album de dessins : *Nouvelle clé des Songes* : « […] je me suis mis à lire Freud, et à m'intéresser à la psychanalyse ». Après l'élection d'Hitler il décide de participer à la vie politique.
1935	Album de dessins : *L'Enfer*. Il se rapproche du « Front populaire ».

Contexte historique et culturel

Ministère Poincaré.
Aragon, *Le Paysan de Paris* ; Bernanos, *Sous le Soleil de Satan* ; Éluard, *Capitale de la douleur*.

Crise économique en Allemagne.
Benda, *La Trahison des clercs* ; Mauriac, *Thérèse Desqueyroux*.
Débuts du cinéma parlant.

Ministère Briand (cfr. p. 17, n. 2).
Colette, *Sido* ; Cocteau, *Les Enfants terribles* ; Saint-Exupéry, *Courrier Sud*.
Hemingway, *L'Adieu aux armes* ; Moravia, *Les Indifférents*.

Giono, *Regain* ; Malraux, *La Voie royale*.

Ministère Laval.
Mauriac, *Nœud de vipères* ; Saint-Exupéry, *Vol de Nuit*.

Céline, *Voyage au bout de la nuit* ; J. Romains, *Les Hommes de bonne Volonté* (1932-1946).

Hitler devient chancelier du Reich ; Roosevelt est élu Président des États-Unis.
Malraux, *La Condition humaine* ; Colette, *La Chatte*.

Création du « Front populaire », une coalition des partis de gauche.
Giraudoux, *La Guerre de Troie n'aura pas lieu* ; Malraux, *Le Temps du mépris*.

Vie et œuvre de Vercors

1936	Album de dessins : *Visions rassurantes de la guerre.*
1937	
1938	Publication d'un recueil de cent soixante estampes parues périodiquement depuis 1932, *La danse des Vivants* : « Je n'avais fait qu'ironiser sur la stérile agitation des hammes à la surface d'une planète perdue au fond des galaxies, que stigmatiser l'arrivisme ridicule, la méchanceté gratuite, le snobisme imbécile. Voyage à Prague avec Jules Romains.
1939	« Je me rappelle que vers 38-39, je prévoyais que je ne pourrais pas continuer toute ma vie à dessiner. Je me disais : un jour ça ne sera plus suffisant pour m'exprimer, il faudra que j'exprime certaines choses par l'écriture ». Officier de réserve, il est mobilisé dans les Alpes. Officier skieur dans l'infanterie alpine dans les Ardennes, il se casse la jambe et passe sa convalescence à Romans, sous le massif du Vercors. Il rentre dans son village, à Villiers-sur-Morin, en Seine-et-Marne et gagne sa vie comme simple monsieur.

Contexte historique et culturel

Victoire électorale du « Front populaire ». Gouvernement sous la présidence du socialiste Léon Blum qui mène une politique de « non intervention » dans la guerre civile espagnole. Laval est contraint à démissionner.
L'Allemagne occupe la Rhénanie ; en Espagne le Général Franco prend le pouvoir ; guerre civile (1939) ; création des Brigades Internationales.
Bernanos, *Journal d'un curé de Campagne* ; Céline, *Mort à crédit*.
Mort de Pirandello.
Chaplin, *Les temps modernes*.

Malraux, *L'Espoir*, sur la guerre d'Espagne ; Breton, *L'Amour fou*.
Traduction de l'*Ulysses* de Joyce.

Gouvernement Daladier de centre-droite.
L'Allemagne annexe l'Autriche.
Anouilh, *Le Bal des Voleurs* ; Cocteau, *Les Parents terribles* ; Sartre, *La Nausée* ; Sarraute, *Tropismes*.

L'Allemagne occupe la Tchécoslovaquie ; 3 septembre : déclaration de guerre franco-anglaise à l'Allemagne : début de la Deuxième Guerre mondiale.
Saint-Exupéry, *Terre des hommes* ; Sartre, *Le mur*.
Brecht, *Mère courage*.
Mort de Freud exilé à Londres.

Vie et œuvre de Vercors

1940

1941 Collaboration à la revue clandestine *La Pensée Libre* de Pierre Lescure.

1942 Illustration du *Silence* de Poe, traduit par Baudelaire, et de *The Rime of the Ancient Mariner* de Coleridge.
Publication du *Silence de la mer* sous le pseudonyme de Vercors.

1943 Il écrit *La Marche à l'étoile*, dénonciation des collaborateurs et portrait du père « cheminant à pied, depuis sa Hongrie natale, vers cette étoile, là-bas, cette terre d'asile, cette France de liberté et de fraternité ». *Désespoir est mort*, récits publiés clandestinement sur ses expériences de 1940.

1944 *L'impuissance*, et *Les Pas exténuants*, récits clandestins.
Le Sable du Temps, essai.

1945 Récits : *Le Cheval et la Mort*, sur Hitler ; *L'Imprimerie de Verdun* : un anti-raciste finit dans un camp de concentration ; *Le Songe*, sur la déportation, en forme de cauchemar : « Mais ce que j'ai vécu, en certaines circonstances du sommeil, est pour moi la preuve très suffisante de l'existence d'une vaste conscience universelle et flottante, à laquelle il nous arrive de participer dans le sommeil, par certaines nuits favorisées ».

Contexte historique et culturel

Hitler envahit l'Europe de l'Ouest ; en mars les Allemands occupent Paris. Offensive du 10 mai : écrasement de la France. En juin gouvernement collaborationniste du maréchal Pétain à Vichy ; de Gaulle lance de la BBC de Londres un appel à la Résistance. Avec l'Armistice franco-allemand et franco-italien la France est divisée en zone occupée (moitié nord du pays) et zone libre (moitié sud).
Buzzati, *Le Désert des Tartares* ; Hemingway, *Pour qui sonne le glas.*
Chaplin, *Le Dictateur,* qui démystifie l'hitlérisme.

Offensive Allemande contre la Russie ; entrée en guerre des États-Unis.
Brasillach, *Notre Avant-guerre.*
Brecht, *La résistible ascension d'Arturo Ui.*

Les Allemands envahissent la zone libre.
Camus, *L'Étranger* et *Le Mythe de Sisyphe* ; Ponge, *Le Parti pris des choses* ; Montherlant, *La Reine morte* ; Supervielle, *Poèmes de la France malheureuse* ; Éluard, *Poésie et vérité.*

Défaite allemande à Stalingrad ; chute de Mussolini ; débarquement des alliés en Sicile et en Calabre.
Saint-Exupéry, *Le Petit Prince* ; Sartre, *L'Être et le Néant.*

---

6 juin : débarquement des Alliés en Normandie ; 8 août : Libération de Paris.
Camus, *Le Malentendu* ; Sartre, *Huis-clos* ; Éluard, *Au rendez-vous allemand.*

Mort de Hitler et de Mussolini. Capitulation de l'Allemagne et libération des camps de concentration ; paix en Europe ; conférence de Yalta qui réunit Churchill, Roosevelt et Staline ; en France de Gaulle devient chef du gouvernement provisoire.
Sartre, *Les Chemins de la liberté* ; Camus, *Caligula.*
Rossellini, *Rome, ville ouverte.*

Vie et œuvre de Vercors

1946	*Agir selon sa Pensée,* et la nouvelle *Les Armes de la nuit,* histoire atroce d'un survivant d'un lager allemand et de sa dégradation morale. Voyage aux États-Unis pour des conférences.
1947	*L'Enfant et l'Aveu,* nouvelle ; *Ce jour-là, Les Mots,* récits. Il voyage en Allemagne de l'ouest pour donner des conférences sur la Résistance française.
1948	*Les Yeux et la Lumière,* recueil de six nouvelles. Il est obligé d'abandonner la direction des Éditions de Minuit en difficulté économique. Il commence à s'éloigner du parti communiste dont il était sympathisant.
1949	*Plus ou moins Homme,* essai : l'homme devient tel selon qu'il se soumette à sa condition animale ou au contraire qu'il la refuse et se rebelle.
1951	*La Puissance du jour,* roman.
1952	*Les Animaux dénaturés,* roman sur les « personnes humaines » : en Nouvelle-Guinée à la recherche du chaînon manquant dans l'évolution du singe à l'homme.
1953	Il est élu président du Comité National des Écrivains. Voyage en Chine.
1954	*Les Pas dans le sable,* sur ses voyages en Amérique, en Chine, en France.
1956	*Colères,* roman sur une éthique du refus et de la rébellion qui fait la spécificité de l'espèce humaine ; *Divagations d'un Français en Chine.* Voyage à Moscou.

Contexte historique et culturel

L'Italie devient une République. De Gaulle quitte le pouvoir ; formation d'un gouvernement dirigé par Bidault. Bombe atomique sur Hiroshima.
Gide, *Thésée* ; Char, *Feuillets d'Hypnos*, inspiré de la Résistance ; Prévert, *Paroles*.

La Quatrième République entreprend une œuvre de reconstruction économique et financière.
Prix Nobel à Gide.
Camus, *La Peste* ; Queneau, *Exercices de style* ; Sarraute, *Portrait d'un inconnu* ; Sartre, *Baudelaire* ; Vian, *L'Écume des jours*.
Journal d'Anne Frank.

De Beauvoir, *Le Deuxième sexe* ; Camus, *Les Justes*.

Camus, *L'Homme révolté* ; Yourcenar, *Les Mémoires d'Hadrien* ; Ionesco, *La Leçon*.

Prix Nobel à Mauriac.
Ionesco, *Les Chaises*.
Hemingway, *Le vieil Homme et la mer*.

Mort de Staline.
Robbe-Grillet, *Les Gommes* ; Beckett, *En attendant Godot*.

Guerre d'Algérie (1954-1962). Ministère Mendès France.
De Gaulle, *Mémoires de guerre* ; De Beauvoir, *Les Mandarins* ; Sagan, *Bonjour tristesse*.

Camus, *La Chute* ; Sarraute, *L'Ère du soupçon*.

Vie et œuvre de Vercors	
1957	*Pour prendre congé.* Il s'éloigne définitivement du parti communiste et de la vie publique ; il cède son poste de Président du Comité National des Écrivains à Aragon.
1958	*Sur ce rivage… I. Le Périple. II. Monsieur Prousthe. III. La Liberté de décembre,* récits.
1960	*Les Castors de l'Amadeus, Les enfants de Pompéi, Lazare aux mains vides,* nouvelles.
1961	*Sylva,* sorte de roman philosophique : par prodige une femelle de renard devient femelle d'homme.
1963	
1964	*Zoo ou l'Assassin philanthrope,* comédie en trois actes.
1965	Illustrations d'*Hamlet* de Shakespeare : « J'entrepris, en même temps que j'écrivais *Le Silence de la mer* et fondais les Éditions de Minuit, cette illustration […] que je n'avais jamais cessé de porter en moi. »
1967	*Œdipe-Roi,* tragédie en trois actes d'après Sophocle ; *La Bataille du Silence, souvenirs de Minuit* : mémoires de la Résistance ; le volume obtient « Le grand prix de la Résistance ».
1968	
1969	*Le Fer et le Velours,* drame en trois actes. *Le Radeau de la Méduse,* un jeune poète maudit, qui avec l'âge s'embourgeoise.

Contexte historique et culturel

Prix Nobel à Camus.
Butor, *La Modification* ; Robbe-Grillet, *La jalousie*.
Kérouac, *Sur la route* ; Pasternak, *Docteur Jivago*.

De Gaulle est élu Président de la République. Cinquième République.
De Beauvoir, *Mémoires d'une jeune fille rangée* ; Duras, *Moderato cantabile*.

Prix Nobel à Saint-John Perse.
Sartre, *Critique de la raison dialectique* ; Simon, *La route des Flandres* (sur le désastre de Dunkerque) ; Genet, *Le Balcon* ; Ionesco, *Rhinocéros*.

Kennedy est élu Président des États-Unis ; construction du Mur de Berlin.
Resnais, *L'année dernière à Marienbad*.

Ministère Pompidou. Assassinat de Kennedy.
Sarraute, *Les fruits d'or* ; Robbe-Grillet, *Pour un nouveau roman*.
Fellini, *Huit et demi*.

De Gaulle est réélu Président de la République ; mort de W. Churchill.
Premier homme dans l'espace.
Perec, *Les Choses* ; Le Clézio, *La Fièvre*.

Insurrection des étudiants en mai. Grèves dans tout le pays.
Assassinat de Martin Luther King et de Robert Kennedy.
Yourcenar, *L'Œuvre au noir*.
Buñuel, *Belle de jour*.

De Gaulle démissionne. Pompidou est élu Président de la République ;
Nixon est Président des États-Unis.
Céline, *Rigodon* ; Simon, *La bataille de Pharsale*.

Vie et œuvre de Vercors

1970	*Les Contes des cataplasmes* ; adaptation théâtrale d'*Hamlet* et *Œdipe.*
1972	*Sillages* : histoire d'un marin qui lutte victorieusement contres les forces aveugles de la mer. *Sept Sentiers du désert,* sur la rébellion qui nous fait homme.
1973	*Comme un frère ; Questions sur la vie à MM. les biologistes.*
1974	*Tendre naufrage.*
1975	*Ce que je crois.*
1976	*Je cuisine comme un chef.*
1977	*Les Chevaux du temps.*
1978	*Camille ou l'Enfant double ; Sens et Non-sens de l'Histoire.*
1979	*Le Piège à loup ; Assez mentir.*
1980	
1981	*Moi, Aristide Briand,* biographie écrite à la première personne.
1982	*Les Occasions perdues.*
1984	*Les Nouveaux jours.*
1985	*Anne Boleyn,* biographie.
1986	*Le Tigre d'Anvers.*
1990	*Pourquoi j'ai mangé mon père,* traduction en collaboration avec Rita Barisse d'après Roy Lewis.
1991	Vercors meurt en juin.

Contexte historique et culturel

Mort du Général de Gaulle.
Sartre, *L'idiot de Famille,* I et II.

Ionesco, *Macbeth.*
Bertolucci, *Dernier tango à Paris.*

Fin de la guerre du Viêtnam.
Mort de Picasso et de Pablo Neruda.

Valéry Giscard d'Estaing est élu Président de la République.

Prix Nobel à Montale.
Assassinat de Pasolini.

Mort de Mao Zedong en Chine.
Leiris, *Frêle bruit.*

Reagan est élu Président des États-Unis.

Mitterrand est élu Président de la République.
Gouvernement de centre-gauche.

« Je crois que les Français doivent éprouver la même chose, devant la cathédrale de Chartres. Ils doivent aussi sentir tout contre eux la présence des ancêtres, — la grâce de leur âme, la grandeur de leur foi, et leur gentillesse. »

Le silence de la mer

Le récit Le Silence de la mer *est enregistré intégralement.*

À la mémoire de Saint-Paul-Roux[1]
Poète assassiné.

Il fut précédé par un grand déploiement d'appareil militaire[2]. D'abord deux troufions[3], tous deux très blonds, l'un dégingandé[4] et maigre, l'autre carré[5], aux mains de carrier[6]. Ils regardèrent la maison, sans entrer.

1. *Paul Pierre Roux* : dit Saint-Paul-Roux, puis Saint-Pol Roux : la nouvelle de la mort du poète symboliste (1861-1940), disciple de Mallarmé, parvient à Paris au moment où on achève l'impression du *Silence de la mer*. Aux premiers jours de l'occupation allemande, dans le manoir en Bretagne où le vieux poète vivait retiré depuis 1905, un soldat allemand ivre tue sous ses yeux la gouvernante et blesse gravement sa propre fille. Peu de temps après le château est saccagé par les envahisseurs et des manuscrits du poète sont brûlés. Il meurt à l'hôpital de Brest le 18 octobre 1940, « assassiné », comme écrit Vercors, par ces événements tragiques, dont des soldats SS étaient les responsables.
2. *Appareil militaire* : ensemble des forces armées.
3. *Troufion* (m.) : terme familier pour désigner un simple soldat.
4. *Dégingandé* : qui a quelque chose de disproportionné dans sa haute taille, quelque chose de disloqué dans la démarche, les mouvements.
5. *Carré* : large et fort, robuste. En argot ancien : un Allemand.
6. *Carrier* (m.) : tailleur de pierres, ouvrier.

« Il fut précédé par un grand déploiement d'appareil militaire. »

Plus tard vint un sous-officier. Le troufion dégingandé l'accompagnait. Ils me parlèrent, dans ce qu'ils supposaient être du français. Je ne comprenais pas un mot. Pourtant je leur montrai les chambres libres. Ils parurent contents.

Le lendemain matin, un torpédo [1] militaire, gris et énorme, pénétra dans le jardin. Le chauffeur et un jeune soldat mince, blond et souriant, en extirpèrent [2] deux caisses, et un gros ballot [3] entouré de toile grise. Ils montèrent le tout dans la chambre la plus vaste. Le torpédo repartit, et quelques heures plus tard j'entendis une cavalcade. Trois cavaliers apparurent. L'un d'eux mit pied à terre et s'en fut visiter [4] le vieux bâtiment de pierre. Il revint, et tous, hommes et chevaux, entrèrent dans la grange [5] qui me sert d'atelier [6]. Je vis plus tard qu'ils avaient enfoncé le valet [7] de mon établi [8] entre deux pierres, dans un trou du mur, attaché une corde au valet, et les chevaux à la corde.

Pendant deux jours il ne se passa plus rien. Je ne vis plus personne. Les cavaliers sortaient de bonne heure avec leurs chevaux, ils les ramenaient le soir, et eux-mêmes couchaient dans la paille dont ils avaient garni la soupente [9].

Puis, le matin du troisième jour, le grand torpédo revint. Le

1. *Torpédo* : ici au masculin, automobile décapotable de forme allongée. Le plus souvent ce mot est employé au féminin.
2. *Extirper* : extraire, faire sortir avec difficulté.
3. *Ballot* (m.) : paquet d'affaires personnelles.
4. *Il s'en fut visiter* : il s'en alla visiter.
5. *Grange* (f.) : bâtiment rural servant à emmagasiner la récolte.
6. *Atelier* (m.) : lieu de travail d'un artisan.
7. *Valet* (m.) : instrument de fer dont se sert le menuisier pour maintenir une pièce à travailler.
8. *Établi* (m.) : table massive sur laquelle on dispose l'ouvrage à travailler.
9. *Soupente* (f.) : petite pièce aménagée dans le haut d'une grange coupée en deux par un plancher.

jeune homme souriant chargea une cantine [1] spacieuse sur son épaule et la porta dans la chambre. Il prit ensuite son sac qu'il déposa dans la chambre voisine. Il descendit et, s'adressant à ma nièce dans un français correct, demanda des draps.

1. *Cantine* (f.) : coffre de voyage utilisé par les officiers et les soldats.

Ce fut ma nièce qui alla ouvrir quand on frappa. Elle venait de me servir mon café, comme chaque soir (le café me fait dormir). J'étais assis au fond de la pièce, relativement dans l'ombre. La porte donne sur le jardin, de plain-pied [1]. Tout le long de la maison court un trottoir de carreaux [2] rouges très commode quand il pleut. Nous entendîmes marcher, le bruit des talons sur le carreau. Ma nièce me regarda et posa sa tasse. Je gardai la mienne dans mes mains.

Il faisait nuit, pas très froid : ce novembre-là ne fut pas très froid. Je vis l'immense silhouette, la casquette [3] plate, l'imperméable jeté sur les épaules comme une cape.

Ma nièce avait ouvert la porte et restait silencieuse. Elle avait rabattu la porte [4] sur le mur, elle se tenait elle-même contre le mur, sans rien regarder. Moi je buvais mon café, à petits coups.

1. *De plain-pied* : au même niveau.
2. *Carreau* (m.) : pavé plat, de forme généralement carrée (en pierre, en terre cuite, en brique) utilisée pour recouvrir les sols, surtout à la campagne.
3. *Casquette* (f.) : coiffure munie d'une visière rigide caractéristique des uniformes militaires. En 1941-1945 l'expression *casquette plate* était synonyme d'*officier allemand*.
4. *Rabattre la porte* : ouvrir complètement la porte.

L'officier, à la porte, dit : « S'il vous plaît. » Sa tête fit un petit salut. Il sembla mesurer le silence. Puis il entra.

La cape glissa sur son avant-bras, il salua militairement et se découvrit. Il se tourna vers ma nièce, sourit discrètement en inclinant très légèrement le buste. Puis il me fit face et m'adressa une révérence plus grave. Il dit : « Je me nomme Werner von Ebrennac. » J'eus le temps de penser, très vite : « Le nom n'est pas allemand. Descendant d'émigré protestant [1] ? » Il ajouta : « Je suis désolé. »

Le dernier mot, prononcé en traînant [2], tomba dans le silence. Ma nièce avait fermé la porte et restait adossée au mur, regardant droit devant elle. Je ne m'étais pas levé. Je déposai lentement ma tasse vide sur l'harmonium [3] et croisai mes mains et attendis.

L'officier reprit : « Cela était naturellement nécessaire. J'eusse évité si cela était possible. Je pense mon ordonnance [4] fera tout pour votre tranquillité [5]. » Il était debout au milieu de la pièce. Il

1. *Werner von Ebrennac* [...] *émigré protestant* : nom d'origine gasconne : « Ce nom de parpaillot gascon que j'avais entièrement forgé, ne doit guère courir les rues en Allemagne ». *Parpaillot* c'est justement une épithète péjorative qui désigne *un protestant, un calviniste*. Après la révocation en 1685 de l'Édit de Nantes qui supprimait les avantages (liberté de culte, droits civiques) accordés en 1598 par Henri IV aux protestants, plus de 200.000 d'entre eux, persécutés, émigrèrent, accueillis surtout en Suisse, en Hollande et en Prusse.
2. *En traînant* : avec une intonation lente et prolongée
3. *Harmonium* (m.) : instrument musical à clavier et à soufflet, comme l'orgue, qui produit un son continu.
4. *Ordonnance* (f.) : militaire qui remplit auprès d'un officier les fonctions d'aide de camp.
5. *Cela était* [...] *pour votre tranquillité* : les simples soldats parlent un français incompréhensible ; l'officier parle un français recherché dans la conversation et dans le choix des temps grammaticaux. On dirait plus simplement : « Cela, naturellement, était nécessaire. Je l'aurais évité, si cela avait été possible. Je pense que mon ordonnance fera tout pour votre tranquillité ».

était immense et très mince. En levant le bras il eût touché les solives[1].

Sa tête était légèrement penchée en avant, comme si le cou n'eût pas été planté sur les épaules, mais à la naissance de la poitrine. Il n'était pas voûté[2], mais cela faisait comme s'il l'était. Ses hanches et ses épaules étroites étaient impressionnantes. Le visage était beau. Viril et marqué de deux grandes dépressions[3] le long des joues. On ne voyait pas les yeux, que cachait l'ombre portée de l'arcade. Ils me parurent clairs. Les cheveux étaient blonds et souples, jetés en arrière, brillant soyeusement[4] sous la lumière du lustre[5].

Le silence se prolongeait. Il devenait de plus en plus épais, comme le brouillard du matin. Épais et immobile. L'immobilité de ma nièce, la mienne aussi sans doute, alourdissaient ce silence, le rendaient de plomb. L'officier lui-même, désorienté, restait immobile, jusqu'à ce qu'enfin je visse naître un sourire sur ses lèvres. Son sourire était grave et sans nulle trace d'ironie. Il ébaucha un geste de la main, dont la signification m'échappa. Ses yeux se posèrent sur ma nièce, toujours raide et droite, et je pus regarder moi-même à loisir le profil puissant, le nez proéminent et mince. Je voyais, entre les lèvres mi-jointes, briller une dent d'or. Il détourna enfin les yeux et regarda le feu dans la cheminée et dit : « J'éprouve un grand estime[6] pour les

1. *Solive* (f.) : pièce de charpente du plafond qui sert à soutenir un plancher et qui s'appuie sur les poutres.
2. *Voûté* : qui a le dos courbé.
3. *Dépression* (f.) : creux (n. et adj.).
4. *Soyeusement* : adverbe formé sur le féminin de l'adjectif soyeux ; qui est doux et brillant comme la soie.
5. *Lustre* (m.) : appareil décoratif d'éclairage suspendu au plafond et supportant plusieurs lampes.
6. *Un grand estime* : l'officier se trompe dans l'emploi du genre du substantif *estime* ; on dit correctement : *une grande estime*.

personnes qui aiment leur patrie », et il leva brusquement la tête et fixa l'ange sculpté au-dessus de la fenêtre. « Je pourrais maintenant monter à ma chambre [1], dit-il. Mais je ne connais pas le chemin. » Ma nièce ouvrit la porte qui donne sur le petit escalier et commença de gravir les marches, sans un regard pour l'officier, comme si elle eût été seule. L'officier la suivit. Je vis alors qu'il avait une jambe raide.

Je les entendis traverser l'antichambre, les pas de l'Allemand résonnèrent dans le couloir, alternativement forts et faibles, une porte s'ouvrit, puis se referma. Ma nièce revint. Elle reprit sa tasse et continua de boire son café. J'allumai une pipe. Nous restâmes silencieux quelques minutes. Je dis : « Dieu merci, il a l'air convenable [2]. » Ma nièce haussa les épaules. Elle attira sur ses genoux ma veste de velours et termina la pièce invisible qu'elle avait commencé d'y coudre [3].

1. *À ma chambre* : on dirait plutôt : monter dans ma chambre.
2. *Convenable* : très bien, comme il faut ; qui respecte les convenances sociales.
3. *La pièce* […] *y coudre* : réparer un vêtement en posant un morceau de tissu à la place du trou, de la partie usée…

Le lendemain matin l'officier descendit quand nous prenions notre petit déjeuner dans la cuisine. Un autre escalier y mène et je ne sais si l'Allemand nous avait entendus ou si ce fut par hasard qu'il prit ce chemin. Il s'arrêta sur le seuil et dit : « J'ai passé une très bonne nuit. Je voudrais que la vôtre fusse aussi bonne [1]. » Il regardait la vaste pièce en souriant. Comme nous avions peu de bois et encore moins de charbon, je l'avais repeinte, nous y avions amené quelques meubles, des cuivres [2] et des assiettes anciennes, afin d'y confiner notre vie pendant l'hiver. Il examinait cela et l'on voyait luire le bord de ses dents très blanches. Je vis que ses yeux n'étaient pas bleus comme je l'avais cru, mais dorés. Enfin, il traversa la pièce et ouvrit la porte sur le jardin. Il fit deux pas et se retourna pour regarder notre longue maison basse, couverte de treilles [3], aux vieilles tuiles brunes. Son sourire s'ouvrit largement.

— Votre vieux maire m'avait dit que je logerais au château,

1. *Je voudrais que* […] *bonne* : encore un emploi recherché et incorrect du verbe *être* à la première personne du subjonctif imparfait au lieu de la troisième personne du subjonctif plus-que-parfait (eût été). On dirait plutôt : « J'espère que la vôtre aussi a été bonne ».

2. *Cuivres* (m. pl.) : objets en cuivre, d'ornement ; récipients et instruments de cuisine.

3. *Treille* (f.) : vigne qui pousse contre un mur.

dit-il en désignant d'un revers de main la prétentieuse bâtisse [1] que les arbres dénudés laissaient apercevoir, un peu plus haut sur le coteau. Je féliciterai mes hommes qu'ils se soient trompés. Ici c'est un beaucoup plus beau château [2].

Puis il referma la porte, nous salua à travers les vitres, et partit.

Il revint le soir à la même heure que la veille. Nous prenions notre café. Il frappa, mais n'attendit pas que ma nièce lui ouvrit. Il ouvrit lui-même : « Je crains que je vous dérange [3], dit-il. Si vous le préférez, je passerai par la cuisine : alors vous fermerez cette porte à clef. » Il traversa la pièce, et resta un moment la main sur la poignée regardant les divers coins du fumoir [4]. Enfin il eut une petite inclinaison du buste : « Je vous souhaite une bonne nuit », et il sortit.

Nous ne fermâmes jamais la porte à clef. Je ne suis pas sur que les raisons de cette abstention fussent très claires ni très pures. D'un accord tacite nous avions décidé, ma nièce et moi, de ne rien changer à notre vie, fût-ce le moindre détail : comme si l'officier n'existait pas ; comme s'il eût été un fantôme. Mais il se peut qu'un autre sentiment se mêlât dans mon cœur à cette volonté : je ne puis sans souffrir offenser un homme, fût-il mon ennemi.

Pendant longtemps, — plus d'un mois, — la même scène se répéta chaque jour. L'officier frappait et entrait. Il prononçait quelques mots sur le temps, la température, ou quelque autre sujet de même importance : leur commune propriété étant qu'ils ne supposaient pas de réponse. Il s'attardait toujours un peu au seuil de la petite porte. Il regardait autour de lui. Un très léger

1. *Bâtisse* (f.) : bâtiment de grandes dimensions.
2. *Je féliciterai* […] *château* : on dirait : « Je féliciterai mes hommes de s'être trompés. Ici c'est un château beaucoup plus beau ».
3. *Je crains que je vous dérange* : il vaut mieux dire : « Je crains de vous déranger ».
4. *Fumoir* (m.) : pièce disposée pour les fumeurs.

sourire traduisait le plaisir qu'il semblait prendre à cet examen, — le même examen chaque jour et le même plaisir. Ses yeux s'attardaient sur le profil incliné de ma nièce, immanquablement sévère et insensible, et quand enfin il détournait son regard j'étais sûr d'y pouvoir lire une sorte d'approbation souriante. Puis il disait en s'inclinant : « Je vous souhaite une bonne nuit », et il sortait.

Les choses changèrent brusquement un soir. Il tombait au-dehors une neige fine mêlée de pluie terriblement glaciale et mouillante. Je faisais brûler dans l'âtre[1] des bûches épaisses que je conservais pour ces jours-là. Malgré moi j'imaginais l'officier, dehors, l'aspect saupoudré[2] qu'il aurait en entrant. Mais il ne vint pas. L'heure était largement passée de sa venue et je m'agaçais de reconnaître qu'il occupait ma pensée. Ma nièce tricotait lentement, d'un air très appliqué.

Enfin des pas se firent entendre. Mais ils venaient de l'intérieur de la maison. Je reconnus, à leur bruit inégal, la démarche de l'officier. Je compris qu'il était entré par l'autre porte, qu'il venait de sa chambre. Sans doute n'avait-il pas voulu paraître à nos yeux sous un uniforme trempé et sans prestige : il s'était d'abord changé.

Les pas, — un fort, un faible, — descendirent l'escalier. La porte s'ouvrit et l'officier parut. Il était en civil. Le pantalon était d'épaisse flanelle grise, la veste de tweed bleu acier enchevêtré[3] de mailles d'un brun chaud. Elle était large et ample, et tombait avec un négligé[4] plein d'élégance. Sous la veste, un chandail de grosse laine écrue moulait le torse[1] mince et musclé.

1. *Âtre* (m.) : partie de la cheminée où l'on fait brûler les bûches, c'est-à-dire les morceaux de bois de chauffage.
2. *Saupoudré* : couvert d'une légère couche de neige.
3. *Enchevêtré* : mélangé de laines différentes.
4. *Négligé* (m.) : absence d'apprêt dans la tenue.

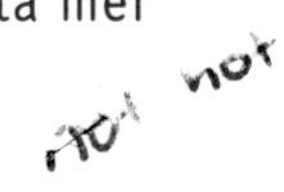

— Pardonnez-moi, dit-il. Je n'ai pas chaud. J'étais très mouillé et ma chambre est très froide. Je me chaufferai quelques minutes à votre feu.

Il s'accroupit avec difficulté devant l'âtre, tendit les mains. Il les tournait et les retournait. Il disait : « Bien !... Bien !... » Il pivota et présenta son dos à la flamme, toujours accroupi et tenant un genou dans ses bras.

— Ce n'est rien ici, dit-il. L'hiver en France est une douce saison. Chez moi c'est bien dur. Très. Les arbres sont des sapins, des forêts serrées ; la neige est lourde là-dessus. Ici les arbres sont fins. La neige dessus c'est une dentelle. Chez moi on pense à un taureau, trapu [2] et puissant, qui a besoin de sa force pour vivre. Ici c'est l'esprit, la pensée subtile et poétique.

Sa voix était assez sourde, très peu timbrée [3]. L'accent était léger, marqué seulement sur les consonnes dures. L'ensemble ressemblait à un bourdonnement [4] plutôt chantant.

Il se leva. Il appuya l'avant-bras sur le linteau [5] de la haute cheminée, et son front sur le dos de sa main. Il était si grand qu'il devait se courber un peu, moi je ne me cognerais pas même le sommet de la tête [6].

Il demeura sans bouger assez longtemps, sans bouger et sans parler. Ma nièce tricotait avec une vivacité mécanique. Elle ne jeta pas les yeux sur lui, pas une fois. Moi je fumais, à demi allongé dans mon grand fauteuil douillet [1]. Je pensais que la

1. *Un chandail* [...] *moulait le torse* : le gros pull-over de laine dessinait les contours du buste.
2. *Trapu* : robuste, court et large.
3. *Sa voix* [...] *timbrée* : peu sonore.
4. *Bourdonnement* (m.) : murmure, bruit continu.
5. *Linteau* (m.) : pièce horizontale de pierre, de bois, qui forme la partie supérieure de la cheminée.
6. *Je ne me cognerais* [...] *la tête* : je ne heurterais même pas le sommet de ma tête.

pesanteur de notre silence ne pourrait pas être secouée. Que l'homme allait nous saluer et partir.

Mais le bourdonnement sourd et chantant s'éleva de nouveau, on ne peut dire qu'il rompit le silence, ce fut plutôt comme s'il en était né.

— J'aimai toujours la France [2], dit l'officier sans bouger. Toujours. J'étais un enfant à l'autre guerre et ce que je pensais alors ne compte pas. Mais depuis je l'aimai toujours. Seulement c'était de loin. Comme *la Princesse Lointaine* [3]. » Il fit une pause avant de dire gravement : « À cause de mon père. »

Il se retourna et, les mains dans les poches de sa veste, s'appuya le long du jambage [4]. Sa tête cognait un peu sur la console [5]. De temps en temps il s'y frottait lentement l'occipital, d'un mouvement naturel de cerf. Un fauteuil était là offert, tout près. Il ne s'y assit pas. Jusqu'au dernier jour, il ne s'assit jamais. Nous ne le lui offrîmes pas et il ne fit rien, jamais, qui put passer pour de la familiarité.

Il répéta :

— À cause de mon père. Il était un grand patriote. La

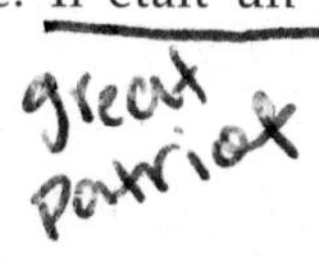

1. *Douillet* : confortable, mœlleux.
2. *J'aimai toujours la France* : emploi erroné du passé simple, en français correct on dirait : J'ai toujours aimé la France.
3. *La Princesse Lointaine* : titre d'une pièce de théâtre (1895) d'Edmond Rostand (1868-1918), l'auteur de *Cyrano de Bergerac,* qui raconte la légende du troubadour Jaufré Rudel et de la comtesse de Tripoli aimée « de lonh » (de loin). Amoureux de la princesse qu'il ne connaît que de réputation, Jaufré part à sa recherche. Au terme de son voyage, il arrive près d'elle mais il meurt dans ses bras après l'avoir regardée un instant et en être embrassé. Cette histoire d'amour inspira les poètes allemands du XIXe siècle Uhland et Heine, et Carducci dans son ode *Jaufré Rudel,* 1888. La pièce de Rostand fut interprétée en France par Sarah Bernhardt.
4. *Jambage* (m.) : montant vertical d'une cheminée.
5. *Console* (f.) : petit support en maçonnerie placé un peu haut sur le mur.

défaite[1] a été une violente douleur. Pourtant il aima la France. Il aima Briand[2], il croyait dans la République de Weimar[3] et dans Briand. Il était très enthousiaste. Il disait : « Il va nous unir, comme mari et femme. » Il pensait que le soleil allait enfin se lever sur l'Europe…

En parlant il regardait ma nièce. Il ne la regardait pas comme un homme regarde une femme, mais comme il regarde une statue. Et en fait, c'était bien une statue. Une statue animée, mais une statue.

— … Mais Briand fut vaincu. Mon père vit que la France était encore menée par vos Grands Bourgeois cruels, — les gens comme vos de Wendel[4], vos Henry Bordeaux[5] et votre vieux

1. *Défaite* (f.) : de la Première Guerre mondiale (1918).
2. *Aristide Briand* : homme politique français (1862-1932), ministre des Affaires étrangères et président du Conseil. Il fut un ardent partisan de la politique de paix, de réconciliation avec l'Allemagne et de collaboration internationale. Il a signé le pacte de Locarno en 1925 qui engageait mutuellement Angleterre, France, Belgique, Pologne, Tchécoslovaquie, Italie (Mussolini), Allemagne à respecter les frontières fixées par le traité de Versailles (1919) qui mit fin à la Première Guerre mondiale. Vercors a écrit sa biographie en 1981.
3. *République de Weimar* : régime politique de l'Allemagne de 1919 à 1939. Ce nouveau régime de socialistes modérés ne put faire face à l'inflation, à l'agitation ouvrière, aux mouvements extrémistes, et surtout à la crise économique de 1929. La crise mondiale, qui s'amorce en 1930, favorise le succès du national socialisme dont le leader Hitler fut appelé en 1933 au poste de chancelier. En 1936 il viole le pacte de Locarno, occupant la zone démilitarisée de Rhénanie.
4. *De Wendel* : famille d'industriels lorrains. La Société de Wendel se développa considérablement sous l'impulsion surtout de François de Wendel (1874-1949), député, sénateur, président du comité des forges et régent de la Banque de France. Durant la guerre ses usines furent confisquées et vendues aux Allemands.
5. *Henry Bordeaux* : écrivain français (1870-1963), auteur de nouvelles, de pièces de théâtre, de romans, où il exalte l'ordre moral et les valeurs familiales. Il a participé à la Première Guerre mondiale. Conservateur et nationaliste, Vercors le juge politiquement comme un « bourreur de crâne » : quelqu'un qui a fait de la propagande exagérée et trompeuse.

d'y pouvoir entrer botté et casqué [2]. » Je dus le promettre, car il était près de la mort. Au moment de la guerre, je connaissais toute l'Europe, sauf la France.

Il sourit et dit, comme si cela avait été une explication :

— Je suis musicien.

Une bûche s'effondra, des braises roulèrent hors du foyer. L'Allemand se pencha, ramassa les braises avec des pincettes. Il poursuivit :

— Je ne suis pas exécutant [3] : je compose de la musique. Cela est toute ma vie, et, ainsi, c'est une drôle de figure pour moi [4] de me voir en homme de guerre. Pourtant je ne regrette pas cette guerre. Non. Je crois que de ceci il sortira de grandes choses...

Il se redressa, sortit ses mains des poches et les tint à demi levées :

— Pardonnez-moi : peut-être j'ai pu vous blesser. Mais ce que je disais, je le pense avec un très bon cœur [5] : je le pense par amour pour la France. Il sortira de très grandes choses pour l'Allemagne et pour la France. Je pense, après mon père, que le soleil va luire sur l'Europe.

Il fit deux pas et inclina le buste. Comme chaque soir il dit :

1. *Votre vieux Maréchal* : Philippe Pétain, homme d'État (1856-1951). Il fut nommé maréchal de France (dignité la plus élevée dans la hiérarchie militaire) en 1918, après avoir été commandant en chef des forces armées. Après la guerre, il occupa divers postes de haut commandement, puis il devint Ministre de la guerre en 1934. En 1939 il conclut l'armistice avec l'Allemagne et l'Italie. Pendant l'occupation allemande en juillet 1940 il installe le gouvernement à Vichy et il devient, à 84 ans, chef de l'État français. À la libération, il fut condamné à mort, peine commuée en détention perpétuelle à l'île d'Yeu où il mourut en 1952.
2. *Botté et casqué* : chaussé de bottes et coiffé d'un casque, c'est-à-dire, en armes, en guerrier.
3. *Exécutant* : interprète de concert dans un ensemble musical.
4. *C'est une drôle de figure pour moi* : cela me fait un effet bizarre.
5. *Avec un très bon cœur* : de tout mon cœur.

« Je vous souhaite une bonne nuit. » Puis il sortit.

Je terminai silencieusement ma pipe. Je toussai un peu et je dis : « C'est peut-être inhumain de lui refuser l'obole d'un seul mot. » Ma nièce leva son visage. Elle haussait très haut les sourcils, sur des yeux brillants et indignés. Je me sentis presque un peu rougir.

Depuis ce jour, ce fut le nouveau mode de ses visites. Nous ne le vîmes plus que rarement en tenue [1]. Il se changeait d'abord et frappait ensuite à notre porte. Était-ce pour nous épargner la vue de l'uniforme ennemi ? Ou pour nous le faire oublier, — pour nous habituer à sa personne ? Les deux, sans doute. Il frappait, et entrait sans attendre une réponse qu'il savait que nous ne donnerions pas. Il le faisait avec le plus candide naturel, et venait se chauffer au feu, qui était le prétexte constant de sa venue — un prétexte dont ni lui ni nous n'étions dupes [2], dont il ne cherchait pas même à cacher le caractère commodément conventionnel.

Il ne venait pas absolument chaque soir, mais je ne me souviens pas d'un seul où il nous quittât sans avoir parlé. Il se penchait sur le feu, et tandis qu'il offrait à la chaleur de la flamme quelque partie de lui-même, sa voix bourdonnante s'élevait doucement, et ce fut au long de ces soirées, sur les sujets qui habitaient son cœur, — son pays, la musique, la

1. *Tenue* (f.) : uniforme.
2. *Dont ni lui ni moi n'étions dupes* : qui ne trompait ni lui, ni nous.

France, — un interminable monologue ; car pas une fois il ne tenta d'obtenir de nous une réponse, un acquiescement [1], ou même un regard. Il ne parlait pas longtemps, — jamais beaucoup plus longtemps que le premier soir. Il prononçait quelques phrases, parfois brisées de silences, parfois s'enchaînant avec la continuité monotone d'une prière. Quelquefois immobile contre la cheminée, comme une cariatide [2], quelquefois s'approchant, sans s'interrompre, d'un objet, d'un dessin au mur. Puis il se taisait, il s'inclinait et nous souhaitait une bonne nuit.

Il dit une fois (c'était dans les premiers temps de ses visites) :

— Où est la différence entre un feu de chez moi et celui-ci ? Bien sûr le bois, la flamme, la cheminée se ressemblent. Mais non la lumière. Celle-ci dépend des objets qu'elle éclaire, — des habitants de ce fumoir, des meubles, des murs, des livres sur les rayons...

« Pourquoi aimé-je tant cette pièce ? dit-il pensivement. Elle n'est pas si belle, — pardonnez-moi !... » Il rit : « Je veux dire : ce n'est pas une pièce de musée... Vos meubles, on ne dit pas : voilà des merveilles... Non... Mais cette pièce a une âme. Toute cette maison a une âme. »

Il était devant les rayons de la bibliothèque. Ses doigts suivaient les reliures d'une caresse légère.

— « ... Balzac, Barrès, Baudelaire, Beaumarchais, Boileau, Buffon... Chateaubriand, Corneille, Descartes, Fénelon,

1. *Acquiescement* (m.) : consentement, approbation.
2. *Cariatide* (f.) : statue de femme servant de soutien, support architectonique.

Flaubert... La Fontaine, France, Gautier, Hugo...[1] Quel appel ! » dit-il avec un rire léger et hochant la tête[2]. « Et je n'en suis qu'à la lettre H !... Ni Molière, ni Rabelais, ni Racine, ni Pascal, ni Stendhal, ni Voltaire, ni Montaigne[3], ni tous les autres !... » Il continuait de glisser lentement le long des livres, et de temps en temps il laissait échapper un imperceptible « Ha ! », quand, je suppose, il lisait un nom auquel il ne songeait pas. « Les Anglais, reprit-il, on pense aussitôt : Shakespeare. Les Italiens : Dante. L'Espagne : Cervantes. Et nous, tout de suite : Goethe[4]. Après, il faut chercher. Mais si on dit : et la France ? Alors, qui surgit à l'instant ? Molière ? Racine ? Hugo ? Voltaire ? Rabelais ? ou quel autre ? Ils se pressent, ils sont comme une foule à l'entrée d'un théâtre, on ne sait pas qui faire entrer d'abord. »

Il se retourna et dit gravement :

1. *Balzac* [...] *Hugo* : la liste par ordre alphabétique concerne certains des plus importants écrivains français : des auteurs du XVIIe siècle comme Corneille, Descartes, La Fontaine, Boileau, Fénelon ; le dramaturge Beaumarchais et le naturaliste Buffon du XVIIIe siècle ; Chateaubriand, Balzac, Hugo, Gautier, Flaubert, Baudelaire, les grands romantiques du XIXe siècle. En particulier, au début du XXe siècle Maurice Barrès, écrivain et homme politique préoccupé par la menace germanique, a exalté le patriotisme de la revanche, et Anatole France, auteur de récits, de romans, de critiques littéraires, de textes satiriques et historiques, s'est mêlé aux luttes politiques prêtant son appui au socialisme.
2. *Hocher la tête* : la secouer de bas en haut ou de droite à gauche, en signe d'affirmation, de dénégation, d'encouragement.
3. *Molière* [...] *Montaigne* : l'Allemand ajoute pour la comédie et la tragédie du XVIIe siècle Molière et Racine, et pour la philosophie Pascal ; le polémiste champion de la tolérance Voltaire complète le XVIIIe siècle ; Stendhal rappelle le grand roman réaliste du XIXe siècle ; l'humaniste Rabelais et le moraliste Montaigne représentent la Renaissance.
4. *Shakespeare* [...] *Goethe* : du point de vue de l'Allemand les écrivains les plus représentatifs de leur pays sont : pour l'Angleterre, le poète dramatique Shakespeare (1564-1616) ; pour l'Italie, Dante (1265-1321) et sa *Divine Comédie* ; pour l'Espagne, Cervantes (1547-1616), l'auteur de *Don Quichotte de la Manche* ; et pour l'Allemagne, Goethe (1749-1832), *Les souffrances du jeune Werther, Les Affinités électives, Faust.*

— Mais pour la musique, alors c'est chez nous : Bach, Haendel, Beethoven, Wagner, Mozart... [1] quel nom vient le premier ?

« Et nous nous sommes fait la guerre ! » dit-il lentement en remuant la tête. Il revint à la cheminée et ses yeux souriants se posèrent sur le profil de ma nièce. « Mais c'est la dernière ! Nous ne nous battrons plus : nous nous marierons ! Ses paupières se plissèrent, les dépressions sous les pommettes se marquèrent de deux longues fossettes, les dents blanches apparurent. Il dit gaiement : « Oui, oui ! » Un petit hochement de tête répéta l'affirmation. « Quand nous sommes entrés à Saintes [2], poursuivit-il après un silence, j'étais heureux que la population nous recevait bien. J'étais très heureux. Je pensais : Ce sera facile. Et puis, j'ai vu que ce n'était pas cela du tout, que c'était la lâcheté. » Il était devenu grave. « J'ai méprisé ces gens. Et j'ai craint pour la France. Je pensais : Est-elle *vraiment* devenue ainsi ? » Il secoua la tête : « Non ! Non. Je l'ai vu ensuite ; et maintenant, je suis heureux de son visage sévère. »

Son regard se porta sur le mien — que je détournai, — il s'attarda un peu en divers points de la pièce, puis retourna sur le visage, impitoyablement insensible, qu'il avait quitté.

— Je suis heureux d'avoir trouvé ici un vieil homme digne. Et une demoiselle silencieuse. Il faudra vaincre ce silence. Il

1. *Bach* [...] *Mozart* : ces compositeurs allemands sont différents quant à l'époque et au type de musique : Bach (1685-1750) auteur de musique religieuse, vocale ou instrumentale ; Haendel (1685-1759) composa surtout opéras et oratorios ; Beethoven (1770-1827) éveilleur du romantisme germanique avec ses sonates et ses concertos pour piano, et ses neuf symphonies ; Wagner (1813-1883) crée le drame intégral, synthèse de musique, poésie, mimique et plastique (*Parsifal, Tétralogie*) ; Mozart (1756-1791) un des plus grands maîtres de l'opéra (*Les Noces de Figaro, Don Juan, La Flûte enchantée*).

2. *Saintes* : ville de la Charente-Maritime, occupée par les troupes allemandes en juin 1940.

faudra vaincre le silence de la France. Cela me plaît.

Il regardait ma nièce, le pur profil têtu et fermé, en silence et avec une insistance grave, où flottaient encore pourtant les restes d'un sourire. Ma nièce le sentait [1]. Je la voyais légèrement rougir, un pli peu à peu s'inscrire entre ses sourcils. Ses doigts tiraient un peu trop vivement, trop sèchement sur l'aiguille, au risque de rompre le fil.

— Oui, reprit la lente voix bourdonnante, c'est mieux ainsi. Beaucoup mieux. Cela fait des unions solides, — des unions où chacun gagne de la grandeur… Il y a un très joli conte pour les enfants, que j'ai lu, que vous avez lu, que tout le monde a lu. Je ne sais si le titre est le même dans les deux pays. Chez moi il s'appelle : *Das Tier und die Schöne* [2], — la Belle et la Bête [3]. Pauvre Belle ! La Bête la tient à merci [4], — impuissante et prisonnière, — elle lui impose à toute heure du jour son implacable et pesante présence… La Belle est fière, digne, — elle s'est faite dure… Mais la Bête vaut mieux qu'elle ne semble. Oh ! elle n'est pas très dégrossie [5] ! Elle est maladroite, brutale, elle paraît bien rustre [6] auprès de la Belle si fine !… Mais elle a du cœur, oui, elle a une âme qui aspire à s'élever. Si la Belle voulait !… La Belle met longtemps à vouloir. Pourtant, peu à peu, elle découvre au fond des yeux du geôlier [7] une lueur, — un reflet où peuvent se lire la prière et l'amour. Elle sent moins la patte pesante,

1. *Ma nièce le sentait* : elle percevait le regard posé sur elle.
2. *Das Tier und die Schöne* : la bête et la belle ; en allemand la bête est nommée la première.
3. *La Belle et la Bête* : conte écrit par Mme Leprince de Beaumont en 1756.
4. *Tenir à merci* : on dit correctement *tenir à sa merci*, c'est-à-dire être dans une situation où l'on est maître du destin de quelqu'un.
5. *Dégrossi* : raffiné, civilisé.
6. *Rustre* : grossier, qui manque d'éducation.
7. *Geôlier* (m.) : gardien de prison.

moins les chaînes de sa prison… Elle cesse de haïr, cette constance la touche, elle tend la main… Aussitôt la Bête se transforme, le sortilège qui la maintenait dans ce pelage barbare[1] est dissipé : c'est maintenant un chevalier très beau et très pur, délicat et cultivé, que chaque baiser de la Belle pare de qualités toujours plus rayonnantes… Leur union détermine un bonheur sublime. Leurs enfants, qui additionnent et mêlent les dons de leurs parents, sont les plus beaux que la terre ait portés…

« N'aimiez-vous pas ce conte ? Moi je l'aimai toujours. Je le relisais sans cesse. Il me faisait pleurer. J'aimais surtout la Bête, parce que je comprenais sa peine. Encore aujourd'hui, je suis ému quand j'en parle. »

Il se tut, respira avec force, et s'inclina :

« Je vous souhaite une bonne nuit. »

1. *Barbare* : sauvage, bestial.

Un soir, — j'étais monté dans ma chambre pour y chercher du tabac, — j'entendis s'élever le chant de l'harmonium. On jouait ces « VIIIe Prélude et Fugue » [1] que travaillait [2] ma nièce avant la débâcle [3]. Le cahier [4] était resté ouvert à cette page mais, jusqu'à ce soir-là, ma nièce ne s'était pas résolue à de nouveaux exercices. Qu'elle les eût repris souleva en moi du plaisir et de l'étonnement : quelle nécessité intérieure pouvait bien l'avoir soudain décidée ?

Ce n'était pas elle. Elle n'avait pas quitté son fauteuil ni son ouvrage. Son regard vint à la rencontre du mien, m'envoya un message que je ne déchiffrai pas. Je considérai le long buste devant l'instrument, la nuque penchée, les mains longues, fines, nerveuses, dont les doigts se déplaçaient sur les touches comme des individus autonomes.

Il joua seulement le Prélude. Il se leva, rejoignit le feu.

— « Rien n'est plus grand que cela », dit-il de sa voix sourde

1. *VIIIe Prélude et Fugue* : composition musicale pour orgue de Johann Sebastian Bach.
2. *Travailler* : s'exercer quand il s'agit d'une pièce musicale, un morceau de piano.
3. *Débâcle* (f.) : terrible défaite de la guerre.
4. *Cahier* (m.) : partition.

qui ne s'éleva pas beaucoup plus haut qu'un murmure. « Grand ?... ce n'est pas même le mot. Hors de l'homme, — hors de sa chair. Cela nous fait comprendre, non : deviner... non : pressentir... pressentir ce qu'est la nature... désinvestie [1]... de l'âme humaine. Oui : c'est une la nature divine et inconnaissable... la nature... musique inhumaine. »

Il parut, dans un silence songeur, explorer sa propre pensée. Il se mordillait lentement une lèvre.

— Bach... Il ne pouvait être qu'Allemand. Notre terre a ce caractère : ce caractère inhumain. Je veux dire : pas à la mesure de l'homme.

Un silence, puis :

— Cette musique-là, je l'aime, je l'admire, elle me comble, elle est en moi comme la présence de Dieu mais... Mais ce n'est pas la mienne.

« Je veux faire, moi, une musique à la mesure de l'homme : cela aussi est un chemin pour atteindre la vérité. C'est mon chemin. Je n'en voudrais, je n'en pourrais suivre un autre. Cela, maintenant, je le sais. Je le sais tout à fait. Depuis quand ? Depuis que je vis ici. »

Il nous tourna le dos. Il appuya ses mains au linteau, s'y retint par les doigts et offrit son visage à la flamme entre ses avant-bras, comme à travers les barreaux [2] d'une grille. Sa voix se fit plus sourde et plus bourdonnante :

— Maintenant j'ai besoin de la France. Mais je demande beaucoup : je demande qu'elle m'accueille. Ce n'est rien, être chez elle comme un étranger, — un voyageur ou un conquérant. Elle ne donne rien alors, — car on ne peut rien lui prendre. Sa richesse, sa haute richesse, on ne peut la conquérir. Il faut la

1. *Désinvesti* : participe passé de désinvestir, employé comme adjectif ; supprimé, privé de.
2. *Barreau* (m.) : petite barre de métal faisant partie d'une grille.

boire à son sein, il faut qu'elle vous offre son sein dans un mouvement et un sentiment maternels... Je sais bien que cela dépend de nous... Mais cela dépend d'elle aussi. Il faut qu'elle accepte de comprendre notre soif, et qu'elle accepte de l'étancher[1]... qu'elle accepte de s'unir à nous.

Il se redressa, sans cesser de nous tourner le dos, les doigts toujours accrochés à la pierre.

— Moi, dit-il un peu plus haut, il faudra que je vive ici, longtemps. Dans une maison pareille à celle-ci. Comme le fils d'un village pareil à ce village... Il faudra...

Il se tut. Il se tourna vers nous. Sa bouche souriait, mais non ses yeux qui regardaient ma nièce.

— Les obstacles seront surmontés, dit-il. La sincérité toujours surmonte les obstacles[2].

« Je vous souhaite une bonne nuit. »

1. *Étancher* : désaltérer, apaiser la soif.
2. *La sincérité* [...] *obstacles* : il vaudrait mieux dire : la sincérité surmonte toujours les obstacles.

Je ne puis me rappeler aujourd'hui, tout ce qui fut dit au cours de plus de cent soirées d'hiver. Mais le thème n'en variait guère. C'était la longue rhapsodie [1] de sa découverte de la France : l'amour qu'il en avait de loin, avant de la connaître, et l'amour grandissant chaque jour qu'il éprouvait depuis qu'il avait le bonheur d'y vivre. Et, ma foi, je l'admirais. Oui : qu'il ne se décourageât pas. Et que jamais il ne fût tenté de secouer cet implacable silence par quelque violence de langage... Au contraire, quand parfois il laissait ce silence envahir la pièce et la saturer jusqu'au fond des angles comme un gaz pesant et irrespirable, il semblait bien être celui de nous trois qui s'y trouvait le plus à l'aise. Alors il regardait ma nièce, avec cette expression d'approbation à la fois souriante et grave qui avait été la sienne dès le premier jour. Et moi je sentais l'âme de ma nièce s'agiter dans cette prison qu'elle avait elle-même construite, je le voyais à bien des signes dont le moindre était un léger tremblement des doigts. Et quand enfin Werner von Ebrennac dissipait ce silence, doucement et sans heurt par le filtre de sa bourdonnante voix, il semblait qu'il me permît de respirer plus librement.

Il parlait de lui, souvent :

— Ma maison dans la forêt, j'y suis né, j'allais à l'école du

1. *Rhapsodie* (f.) : œuvre composée de pièces et de morceaux.

village, de l'autre côté ; je ne l'ai jamais quittée, jusqu'a ce que j'étais [1] à Munich [2], pour les examens, et à Salzbourg [3], pour la musique. Depuis, j'ai toujours vécu là-bas. Je n'aimais pas les grandes villes. J'ai connu Londres, Vienne, Rome, Varsovie [4], les villes allemandes naturellement. Je n'aime pas pour vivre [5]. J'aimais seulement beaucoup Prague [6], — aucune autre ville n'a autant d'âme. Et surtout Nuremberg [7]. Pour un Allemand, c'est la ville qui dilate son cœur, parce qu'il retrouve là les fantômes chers à son cœur, le souvenir dans chaque pierre de ceux qui firent la noblesse de la vieille Allemagne. Je crois que les Français doivent éprouver la même chose, devant la cathédrale

1. *Jusqu'à ce que j'étais* : jusqu'au moment où je suis allé.
2. *Munich* : ville de l'Allemagne méridionale, capitale de la Bavière. Dans les années 1920 le national-socialisme y naquit. Une conférence fut tenue à Munich en septembre 1938 entre la France, l'Allemagne, la Grande-Bretagne et l'Italie. Les accords qui en résultèrent prévoyaient l'occupation par les troupes allemandes du territoire des Sudètes.
3. *Salzbourg* : ville d'Autriche, patrie de Mozart. Depuis 1922, chaque année, au mois d'août un important Festival de musique y a lieu.
4. *Varsovie* : capitale de la Pologne fut bombardée, assiégée et occupée par les Allemands en 1939. En 1943 elle fut presque entièrement détruite.
5. *Je n'aime pas pour vivre* : je n'aime pas y vivre.
6. *Prague* : capitale de la Tchécoslovaquie, métropole historique et intellectuelle de la Bohême, célèbre pour ses monuments gothiques et baroques, fut occupée par les Allemands en mars 1939.
7. *Et surtout Nuremberg* : et surtout j'aimais Nuremberg, ville de Bavière fondée vers 1050 qui appartint longtemps aux Hohenzollern ; le noyau de la ville est médiéval et a été célébré par R. Wagner dans *Les Maîtres chanteurs de Nuremberg*. Siège du congrès du Parti national-socialiste d'Hitler. Vercors se souvient dans *La Bataille du silence* de sa visite en 1938 : « Nous ne fûmes pas déçus par les quartiers anciens, qui fleuraient bon encore le parfum de la vieille Allemagne. Auprès d'une grande fontaine circulaire flamboyant d'une dentelle de fer, on pouvait contempler l'antique maison d'Albert Dürer, encore intacte. »
   C'est là que se célébrèrent en 1945-1946 les fameux procès contre les dirigeants nazis.

de Chartres[1]. Ils doivent aussi sentir tout contre eux la présence des ancêtres, — la grâce de leur âme, la grandeur de leur foi, et leur gentillesse. Le destin m'a conduit sur Chartres. Oh ! vraiment quand elle apparaît, par-dessus les blés murs, toute bleue de lointain et transparente, immatérielle, c'est une grande émotion ! J'imaginais les sentiments de ceux qui venaient jadis à elle, à pied, à cheval ou sur des chariots... Je partageais ces sentiments et j'aimais ces gens, et comme je voudrais être leur frère !

Son visage s'assombrit :

— Cela est dur à entendre sans doute d'un homme qui venait sur Chartres dans une grande voiture blindée... Mais pourtant c'est vrai. Tant de choses remuent[2] ensemble dans l'âme d'un Allemand, même le meilleur ! Et dont il aimerait tant qu'on le guérisse... » Il sourit de nouveau, un très léger sourire qui graduellement éclaira tout le visage, puis :

— Il y a dans le château voisin de chez nous, une jeune fille... Elle est très belle et très douce. Mon père toujours se réjouissait si je l'épouserais[3]. Quand il est mort nous étions presque fiancés, on nous permettait de faire de grandes promenades, tous les deux seuls.

Il attendit, pour continuer, que ma nièce eût enfilé de nouveau le fil, qu'elle venait de casser. Elle le faisait avec une grande application, mais le chas[4] était très petit et ce fut difficile.

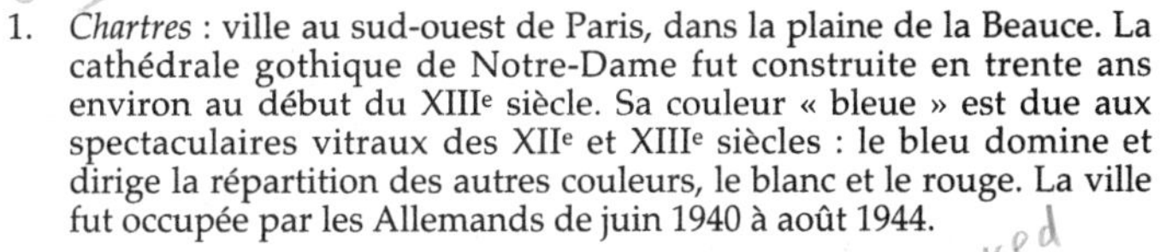

1. *Chartres* : ville au sud-ouest de Paris, dans la plaine de la Beauce. La cathédrale gothique de Notre-Dame fut construite en trente ans environ au début du XIIIe siècle. Sa couleur « bleue » est due aux spectaculaires vitraux des XIIe et XIIIe siècles : le bleu domine et dirige la répartition des autres couleurs, le blanc et le rouge. La ville fut occupée par les Allemands de juin 1940 à août 1944.
2. *Remuer* : provoquer des émotions profondes.
3. *Mon père [...] si je l'épouserais* : mon père se réjouissait toujours à l'idée que je l'épouserais.
4. *Chas* (m.) : petit trou de l'aiguille par où passe le fil.

Enfin elle y parvint.

— Un jour, reprit-il, nous étions dans la forêt. Les lapins, les écureuils filaient devant nous. Il y avait toutes sortes de fleurs, — des jonquilles, des jacinthes sauvages, des amaryllis [1]... La jeune fille s'exclamait de joie. Elle dit : « Je suis heureuse, Werner. J'aime, oh ! j'aime ces présents de Dieu ! » J'étais heureux, moi aussi. Nous nous allongeâmes sur la mousse, au milieu des fougères. Nous ne parlions pas. Nous regardions au-dessus de nous les cimes des sapins se balancer, les oiseaux voler de branche en branche. La jeune fille poussa un petit cri : « Oh ! il m'a piquée sur le menton ! Sale petite bête, vilain petit moustique ! » Puis je lui vis faire un geste vif de la main. « J'en ai attrapé un, Werner ! Oh ! regardez, je vais le punir : je lui — arrache — les pattes — l'une — après — l'autre... » et elle le faisait...

« Heureusement, continua-t-il, elle avait beaucoup d'autres prétendants. Je n'eus pas de remords. Mais aussi j'étais effrayé pour toujours à l'égard des jeunes filles allemandes. »

Il regarda pensivement l'intérieur de ses mains, et dit :

— Ainsi sont aussi chez nous les hommes politiques. C'est pourquoi je n'ai jamais voulu m'unir à eux, malgré mes camarades qui m'écrivaient : « Venez nous rejoindre. » Non : je préférai rester toujours dans ma maison. Ce n'était pas bon pour le succès de la musique, mais tant pis : le succès est peu de chose, auprès d'une conscience en repos. Et, vraiment, je sais bien que mes amis et notre Führer [2] ont les plus grandes et les plus nobles idées. Mais je sais aussi qu'ils arracheraient aux moustiques les pattes l'une après l'autre. C'est cela qui arrive

1. *Amaryllis* (f.) : plante à grandes fleurs rouges.
2. *Führer* : chef, conducteur ; titre pris par Hitler à partir de 1934.

aux Allemands toujours [1] quand ils sont très seuls : cela remonte toujours. Et qui de plus « seuls » que les hommes du même Parti, quand ils sont les maîtres ?

« Heureusement maintenant ils ne sont plus seuls : ils sont en France. La France les guérira. Et je vais vous le dire : ils le savent. Ils savent que la France leur apprendra à être des hommes vraiment grands et purs. »

Il se dirigea vers la porte. Il dit d'une voix retenue, comme pour lui-même :

— Mais pour cela il faut l'amour.

Il tint un moment la porte ouverte ; le visage tourné sur l'épaule, il regardait la nuque de ma nièce penchée sur son ouvrage, la nuque frêle et pâle d'où les cheveux s'élevaient en torsades [2] de sombre acajou [3]. Il ajouta, sur un ton de calme résolution :

— Un amour partagé.

Puis il détourna la tête, et la porte se ferma sur lui tandis qu'il prononçait d'une voix rapide les mots quotidiens :

« Je vous souhaite une bonne nuit. »

1. *C'est cela* [...] *Allemands toujours* : c'est cela qui arrive toujours aux Allemands.
2. *Torsade* (f.) : cheveux tressés.
3. *Acajou* (m.) : couleur de l'arbre au bois rougeâtre.

Les longs jours printaniers arrivaient. L'officier descendait maintenant aux derniers rayons du soleil. Il portait toujours son pantalon de flanelle grise, mais sur le buste une veste plus légère en jersey de laine couleur de bure [1] couvrait une chemise de lin au col ouvert. Il descendit un soir, tenant un livre refermé sur l'index. Son visage s'éclairait de ce demi-sourire contenu, qui préfigure le plaisir escompté d'autrui. Il dit :

— J'ai descendu ceci pour vous. C'est une page de MACBETH. Dieux ! Quelle grandeur !

Il ouvrit le livre :

— C'est la fin. La puissance de Macbeth file entre ses doigts, avec l'attachement de ceux qui mesurent enfin la noirceur de son ambition. Les nobles seigneurs qui défendent l'honneur de l'Écosse attendent sa ruine prochaine. L'un d'eux décrit les symptômes dramatiques de cet écroulement…

Et il lut lentement, avec une pesanteur pathétique :

ANGUS

Maintenant il sent ses crimes secrets coller à ses mains. À chaque minute des hommes de cœur révoltés lui reprochent sa mauvaise foi.

1. *Bure* (f.) : étoffe de laine brune.

Ceux qu'il commande obéissent à la crainte et non plus à l'amour. Désormais il voit son titre pendre autour de lui, flottant comme la robe d'un géant sur le nain qui l'a volée[1].

Il releva la tête et rit. Je me demandais avec stupeur s'il pensait au même tyran que moi[2]. Mais il dit :

— N'est-ce pas là ce qui doit troubler les nuits de votre Amiral[3] ? Je plains cet homme, vraiment, malgré le mépris qu'il m'inspire comme à vous. *Ceux qu'il commande obéissent à la crainte et non plus à l'amour*. Un chef qui n'a pas l'amour des siens est un bien misérable mannequin[4]. Seulement... seulement... pouvait-on souhaiter autre chose ? Qui donc, sinon un aussi morne ambitieux, eût accepté ce rôle ? Or il le fallait. Oui, il fallait quelqu'un qui acceptât de vendre sa patrie parce que, aujourd'hui, — aujourd'hui et pour longtemps, la France ne peut tomber volontairement dans nos bras ouverts sans perdre à ses yeux sa propre dignité. Souvent la plus sordide entremetteuse[5] est ainsi à la base de la plus heureuse alliance. L'entremetteuse n'en est pas moins méprisable, ni l'alliance moins heureuse.

Il fit claquer le livre en le fermant, l'enfonça dans la poche de sa veste et d'un mouvement machinal frappa deux fois cette poche de la paume de la main. Puis son long visage éclairé d'une expression heureuse, il dit :

1. *Macbeth* : tragédie en cinq actes (1606) de Shakespeare ; acte V, scène 2.
2. *S'il pensait au même tyran que moi* : il s'agit d'Hitler.
3. *Votre Amiral* : Amiral François Darlan (1881-1942), un des chefs du gouvernement de Vichy, qui collabora avec les Allemands. Il a été tué à Alger en 1942.
4. *Mannequin* (m.) : utilisé dans son sens péjoratif pour désigner un personnage sans influence réelle.
5. *Entremetteur (-euse)* : personne qui sert d'intermédiaire dans des intrigues, surtout galantes.

— Je dois prévenir mes hôtes que je serai absent pour deux semaines. Je me réjouis d'aller à Paris. C'est maintenant le tour de ma permission[1] et je la passerai à Paris, pour la première fois. C'est un grand jour pour moi. C'est le plus grand jour, en attendant un autre que j'espère avec toute mon âme et qui sera encore un plus grand jour. Je saurai l'attendre des années, s'il le faut. Mon cœur a beaucoup de patience.

« À Paris, je suppose que je verrai mes amis, dont beaucoup sont présents aux négociations que nous menons avec vos hommes politiques, pour préparer la merveilleuse union de nos deux peuples. Ainsi je serai un peu le témoin de ce mariage... Je veux vous dire que je me réjouis pour la France, dont les blessures de cette façon cicatriseront très vite, mais je me réjouis bien plus encore pour l'Allemagne et pour moi-même ! Jamais personne n'aura profité de sa bonne action, autant que fera l'Allemagne en rendant sa grandeur à la France et sa liberté !

« Je vous souhaite une bonne nuit. »

1. *C'est maintenant* [...] *permission* : c'est maintenant mon tour de permission.

Une présence « étrangère»

L'histoire

1. Dans l'existence paisible d'un petit noyau familial, un événement modificateur d'équilibre va se produire. Quelle est l'histoire, c'est-à-dire la logique des actions, des événements narrés par rapport à l'univers spatio-temporel et à la dynamique des relations entre les personnages ?

Le narrateur

2. Au début un personnage se présente comme témoin et acteur des événements du passé qu'il raconte à la première personne (« je »).
Quelles sont les informations qu'il donne sur lui-même (âge, conditions sociales, statut parental) ?

L'ennemi

pp. 3-15

3. Les Allemands sont présentés tout d'abord à travers les traits caractéristiques des simples soldats. Montrez que cette représentation est plutôt stéréotypée.
Y a-t-il un contraste entre l'attitude souriante du jeune soldat et son comportement ?

4. Le pronom personnel « il » tout au début du récit, informe que le protagoniste va apparaître. L'arrivée de ce mystérieux personnage pour lequel tous les autres agissent crée une attente. Quelles sont les phases de cette entrée ? Par quels moyens la lente introduction de cette apparition « étrangère », inquiétante, à l'intérieur d'une scène d'intimité domestique crée-t-elle un effet de suspense (l'effet d'une attente angoissée comme devant l'imminence d'un danger) ? (pp. 8-11)

5. Établissez de façon ordonnée (taille, visage, détails physiques, vêtements) le portrait de l'officier allemand en rassemblant les informations données par l'oncle-narrateur. (pp. 8-12)

6. Quels sont les premiers adjectifs, les adverbes qui qualifient l'Allemand ? Relevez ses attitudes, ses gestes, répétés aussi, ses phrases rituelles, ses hésitations. Pouvez-vous en déduire certains traits caractéristiques de sa personnalité ?

7. Pourquoi, avant d'entrer, s'attarde-t-il toujours sur le seuil ?

8. Pourquoi, à l'accueil silencieux des deux Français, sourit-il, et continue-t-il à sourire dans les rencontres du soir ?

9. Quelle est la position de l'Allemand par rapport à ses hôtes qui sont assis. Que dévoile-t-elle sur leur relation ?

pp. 13-25

10. Montrez que, même si l'oncle et la nièce traitent en fantôme cet hôte imposé dans leur petite vie tranquille, ils se sont habitués, malgré eux, à sa présence.

11. Comparez l'apparition de l'Allemand en civil à celle de son entrée en scène au début du deuxième bref chapitre. Pourquoi et comment ce changement modifie-t-il son comportement ?

12. Les discours de l'officier, rapportés par l'oncle-narrateur, veulent être percutants. Quels arguments persuasifs (politiques, culturels, personnels...) adopte-t-il pour convaincre l'oncle et la nièce de l'accepter ?

13. Observez les modalités de ses interventions et son attitude « d'acteur » (entrée, gestes, sortie).
Comment emploie-t-il la modulation de sa voix ? Pourquoi se sert-il de ces tons ? Et pourquoi souvent ne parle-t-il pas ?
Pourquoi semble-t-il avoir un projecteur lumineux braqué sur lui ?

14. Quels sont les trois dénominations par lesquelles le narrateur le désigne ? Que signifie cette succession ?

La bonne patriote

pp. 3-26

1. Les vieillards et les femmes sont, parmi les civils, les premières victimes d'une invasion.
Quelles sont les activités de la nièce ?

2. L'oncle ne spécifie ni l'âge, ni l'aspect physique de la jeune fille, mais il remarque ses réactions. Esquissez un portrait de la nièce, en observant ses gestes, ses attitudes, ses occupations, et en relevant les adjectifs, les adverbes par lesquels l'oncle la décrit, parfois en suivant le regard de l'Allemand.
Suivez les changements de son comportement. Comment trahit-elle sa progressive participation émotive ?

3. Comparez l'attitude de l'oncle et de la nièce face à l'Allemand.

Un espace sécurisant

pp. 3-26

1. L'histoire n'est pas située dans un endroit précis (il n'y a pas de nom de lieu). Peut-on quand même en déduire le cadre, le milieu où l'action se déroule ?

2. Nommez les différentes parties de la maison, unique lieu de l'action, et les détails ajoutés au cours du récit sur l'intérieur et l'extérieur. Essayez de la décrire.

3. Relevez la gradualité, en « crescendo », de l'appropriation de l'espace de la part des soldats allemands.

4. L'Allemand observe la maison attentivement et plusieurs fois. Quel est son jugement ? Quelle signification peut-on donner à la division de l'espace entre les Français et l'Allemand ?

Les références littéraires

pp. 16-36

1. Quelle est la valeur de la légende de la *Princesse lointaine*, aussi bien du point de vue des personnages, que sur le plan de l'histoire ?

2. Analysez les analogies que l'on peut établir entre le conte *La Belle et la Bête* et notre histoire.

3. Commentez, à la lumière du *Silence de la mer*, cet extrait du conte tiré de la version de Mme Le Prince de Beaumont. Le père de la Belle part laissant sa fille dans le palais de la Bête :
« Elle résolut de se promener en attendant, et de visiter ce beau château. [...] mais ce qui frappa le plus sa vue fut une grande bibliothèque, un clavecin et plusieurs livres de musique. La Belle passa trois mois dans ce palais avec assez de tranquillité. Tous les soirs, la Bête lui rendait visite, l'entretenait pendant le souper [...] Chaque jour la Belle découvrait de nouvelles bontés dans ce monstre ; l'habitude de le voir, l'avait accoutumée à sa laideur, et, loin de craindre le moment de sa visite, elle regardait souvent à sa montre pour voir s'il était bientôt neuf heures ; car la Bête ne manquait jamais de venir à cette-heure-là ».

4. Quel est l'effet produit par la lecture du passage de *Macbeth* dans le petit salon?

La voix de la musique

pp. 26-31

1. La jeune fille qui, avant la guerre, était en train d'étudier un morceau de musique d'un auteur allemand, Bach, ne joue plus : pourquoi, à votre avis ?

2. L'Allemand par contre emploie aussi le langage de la musique et d'une musique allemande. Dans quel but ?

3. Expliquez, dans la recherche de l'Allemand du verbe juste pour exprimer sa pensée, les nuances de signification de « comprendre », « deviner », « pressentir », à propos de la fonction cognitive de la musique. (p. 27)

4. Précisez cette idée de « musique inhumaine », en tenant compte de l'opposition suggérée humain/divin.

5. Comment l'Allemand a-t-il changé sa perception de la musique depuis qu'il vit en France ?
La musique de Bach devient représentative du caractère de toute la nation allemande. Quelles sont les implications qui découlent du discours de l'Allemand si du plan artistique on passe au plan politique ?

La France et l'Allemagne

pp. 15-36

1. Analysez l'image de la France créée par l'Allemand lorsqu'il la juxtapose à l'Allemagne.

2. Relevez les passages où l'Allemand opère une identification entre la jeune fille et la France : citez les traits qui suggèrent ce rapprochement.

3. Comment est préfigurée une possibilité de conciliation entre la France et l'Allemagne ?

4. À travers le choix de quel lexique de la compréhension, l'idée de la concorde est-elle exprimée ?

5. Où et comment cette idée du rapprochement entre les deux pays ennemis s'enrichit-elle d'une métaphore maternelle ?

6. Pourquoi y a-t-il ambiguïté dans cet espoir de fusion « politique » ?

7. L'épisode dans la forêt avec la jeune fiancée allemande est construit sur un contraste. Lequel ?
Comment interprétez-vous la réaction de la nièce au récit de cet épisode ?

8. Le discours politique toujours présent, glisse souvent vers l'aveu personnel, l'expression de l'espoir et la demande indirecte d'aide. Étudiez ces glissements d'un plan à l'autre.

9. Comment, selon l'Allemand, devrait se comporter la France à l'égard des hommes politiques allemands, « trop seuls » ?

10. Quel jour l'Allemand attend-il patiemment ?

Le temps de l'histoire

1. Quel est le temps de l'histoire ? En considérant les adverbes de temps et les indications temporelles, esquissez un plan chronologique pour déterminer la suite des faits, la durée des événements narrés.

2. Quel rôle joue la saison dans le développement de l'action ?

Aspects de la narration

1. On a déjà dit que l'oncle-narrateur a une fonction narrative : il est celui qui raconte à l'intérieur du texte. Montrez qu'il dirige aussi ses personnages-acteurs, comme un metteur en scène.

2. Relevez les indications du narrateur qui vous donnent l'impression de voir la scène se dérouler sous vos yeux.

3. Au début il exerce sa fonction de simple observateur qui écoute et enregistre. Comment réussit-il à donner l'impression de sa distanciation et d'un certain détachement ?
   Comment ses réactions changent-elles, au cours du récit ?
   Quels sont ses commentaires qui trahissent une implication émotive ?

4. Les interventions de l'officier sont toujours au discours direct (paroles d'autrui, rapportées telles quelles, entre guillemets). Quel est l'effet produit ?

5. Le narrateur est censé rapporter fidèlement au discours direct les paroles de l'officier, qu'il définit « monologue ». Le monologue ne prévoit pas un interlocuteur ou destinataire : c'est un long discours d'un personnage qui ne s'adresse pas à d'autres personnages. Ces conditions sont-elles respectées ici ?

Les procédés de l'écriture

1. Dans l'alternance des temps grammaticaux, analysez à travers des exemples la fonction du passé simple, de l'imparfait et du présent.

2. À quoi servent les tirets dans l'épisode de la fiancée allemande ?

Le silence

3. Relevez toutes les occurrences (diverses apparitions d'un même mot dans un texte) du terme « silence » et de ses dérivés. Distinguez les adjectifs, les verbes, les attributs, les comparaisons qui le désignent.
Quelles sont ses significations ?

4. Notez les fréquentes notations sonores. Ces éléments auditifs sont-ils significatifs ?

Le jeu des regards

5. Cherchez les substantifs et les verbes qui s'apparentent à l'action de voir ou à celle de regarder. Quelles sont leurs différentes nuances en relation aux personnages et aux circonstances ?

6. Étudiez l'activité intense des yeux de la part des trois personnages. Cette fréquence est-elle significative ?

Menace de guerre.
Illustration de Jean Bruller.

OTHELLO

Éteignons cette lumière, pour ensuite
éteindre celle de sa vie[1].

Shakespeare

1. *Othello* : tragédie en cinq actes (1604) de Shakespeare. À l'acte V, scène 2, Othello s'apprête à tuer Desdémone.

Nous ne le vîmes pas quand il revint.

Nous le savions là, parce que la présence d'un hôte dans une maison se révèle par bien des signes, même lorsqu'il reste invisible. Mais pendant de nombreux jours, — beaucoup plus d'une semaine, — nous ne le vîmes pas.

L'avouerai-je ? Cette absence ne me laissait pas l'esprit en repos. Je pensais à lui, je ne sais pas jusqu'à quel point je n'éprouvais pas du regret, de l'inquiétude. Ni ma nièce ni moi nous n'en parlâmes. Mais lorsque parfois le soir nous entendions là-haut résonner sourdement les pas inégaux, je voyais bien, à l'application têtue qu'elle mettait soudain à son ouvrage, à quelques lignes légères qui marquaient son visage d'une expression à la fois butée [1] et attentive, qu'elle non plus n'était pas exempte de pensées pareilles aux miennes.

Un jour je dus aller à la Kommandantur [2], pour une quelconque déclaration de pneus [3]. Tandis que je remplissais le

1. *Buté* : qui s'exprime avec entêtement, obstination.
2. *Kommandantur* (f.) : commandement militaire allemand dans une région occupée, lors des deux guerres mondiales.
3. *Pneu* (m.) : bandage pneumatique, gonflé d'air, autour d'une roue de bicyclette ou de voiture.

formulaire qu'on m'avait tendu, Werner von Ebrennac sortit de son bureau. Il ne me vit pas tout d'abord. Il parlait au sergent, assis à une petite table devant un haut miroir au mur. J'entendais sa voix sourde aux inflexions chantantes et je restais là, bien que je n'eusse plus rien à y faire, sans savoir pourquoi, curieusement ému, attendant je ne sais quel dénouement. Je voyais son visage dans la glace, il me paraissait pâle et tiré. Ses yeux se levèrent, ils tombèrent sur les miens, pendant deux secondes nous nous regardâmes, et brusquement il pivota sur ses talons et me fit face. Ses lèvres s'entrouvrirent et avec lenteur il leva légèrement une main, que presque aussitôt il laissa retomber. Il secoua imperceptiblement la tête avec une irrésolution pathétique, comme s'il se fût dit : non, à lui-même, sans pourtant me quitter des yeux. Puis il esquissa une inclination du buste en laissant glisser son regard à terre, et il regagna, en clochant[1], son bureau, où il s'enferma.

De cela je ne dis rien à ma nièce. Mais les femmes ont une divination de félin. Tout au long de la soirée elle ne cessa de lever les yeux de son ouvrage, à chaque minute, pour les porter sur moi ; pour tenter de lire quelque chose sur un visage que je m'efforçais de tenir impassible, tirant sur ma pipe avec application. À la fin, elle laissa tomber ses mains, comme fatiguée, et, pliant l'étoffe, me demanda la permission de s'aller coucher[2] de bonne heure. Elle passait deux doigts lentement sur son front comme pour chasser une migraine. Elle m'embrassa et il me sembla lire dans ses beaux yeux gris un reproche et une assez pesante tristesse. Après son départ je me sentis soulevé par une absurde colère : la colère d'être absurde et d'avoir une

1. *Clocher* : boiter.
2. *La permission de s'aller coucher* : (vieilli) la permission d'aller se coucher.

nièce absurde. Qu'est-ce que c'était que toute cette idiotie ? Mais je ne pouvais pas me répondre. Si c'était une idiotie, elle semblait bien enracinée.

Ce fut trois jours plus tard que, à peine avions-nous vidé nos tasses, nous entendîmes naître, et cette fois sans conteste approcher, le battement irrégulier des pas familiers. Je me rappelai brusquement ce premier soir d'hiver où ces pas s'étaient fait entendre, six mois plus tôt. Je pensai : « Aujourd'hui aussi il pleut. » Il pleuvait durement [1] depuis le matin. Une pluie régulière et entêtée [2], qui noyait tout à l'entour et baignait l'intérieur même de la maison d'une atmosphère froide et moite [3]. Ma nièce avait couvert ses épaules d'un carré de soie imprimé où dix mains inquiétantes, dessinées par Jean Cocteau [4] se désignaient mutuellement avec mollesse [5] ; moi je réchauffais mes doigts sur le fourneau de ma pipe, — et nous étions en juillet !

Les pas traversèrent l'antichambre et commencèrent de faire gémir les marches. L'homme descendait lentement, avec une lenteur sans cesse croissante, mais non pas comme un qui hésite : comme un dont la volonté subit une exténuante épreuve. Ma nièce avait levé la tête et elle me regardait, elle attacha sur

1. *Durement* : avec force, avec violence.
2. *Entêtée* : obstinée, butée.
3. *Moite* : imprégné d'humidité.
4. *Jean Cocteau* (1889-1963) : poète d'avant-garde (*Le Cap de Bonne-Espérance*, 1919 ; *Plain-Chant*, 1923), romancier (*Le Potomak*, 1919 ; *Thomas l'Imposteur*, 1923 ; *Les Enfants terribles*, 1929), homme de théâtre (*La Voix humaine*, 1930 ; *Les Parents terribles*, 1938 ; *Les Monstres sacrés*, 1940) et de cinéma (*Le sang d'un poète*, 1931 ; *Le Baron fantasme*, 1942). Peintre, dessinateur et illustrateur de nombreux ouvrages, il a publié plusieurs albums. Auteur aussi d'essais critiques et d'ouvrages autobiographiques.
5. *Avec mollesse* : avec des formes sinueuses.

moi, pendant tout ce temps, un regard transparent et inhumain de grand-duc [1]. Et quand la dernière marche eut crié et qu'un long silence suivit, le regard de ma nièce s'envola, je vis les paupières s'alourdir, la tête s'incliner et tout le corps se confier au dossier du fauteuil avec lassitude.

Je ne crois pas que ce silence ait dépassé quelques secondes. Mais ce furent de longues secondes. Il me semblait voir l'homme, derrière la porte, l'index levé prêt à frapper, et retardant, retardant le moment où, par le seul geste de frapper, il allait engager l'avenir… Enfin il frappa. Et ce ne fut ni avec la légèreté de l'hésitation, ni la brusquerie de la timidité vaincue, ce furent trois coups pleins et lents, les coups assurés et calmes d'une décision sans retour. Je m'attendais à voir comme autrefois la porte aussitôt s'ouvrir. Mais elle resta close, et alors je fus envahi par une incoercible agitation d'esprit, où se mêlait à l'interrogation l'incertitude des désirs contraires, et que chacune des secondes qui s'écoulaient, me semblait-il, avec une précipitation croissante de cataracte, ne faisait que rendre plus confuse et sans issue. Fallait-il répondre ? Pourquoi ce changement ? Pourquoi attendait-il que nous rompions ce soir un silence dont il avait montré par son attitude antérieure combien il en approuvait la salutaire ténacité ? Quels étaient ce soir, — ce soir, — les commandements de la dignité ?

Je regardai ma nièce, pour pêcher dans ses yeux un encouragement ou un signe. Mais je ne trouvai que son profil. Elle regardait le bouton [2] de la porte. Elle le regardait avec cette fixité inhumaine de grand-duc qui m'avait déjà frappé, elle était très pâle et je vis, glissant sur les dents dont apparut une fine ligne blanche, se lever la lèvre supérieure dans une contraction

1. *Grand-duc* (m.) : oiseau nocturne, ressemblant au hibou.
2. *Bouton* (m.) : poignée ronde de la porte.

douloureuse ; et moi, devant ce drame intime soudain dévoilé et qui dépassait de si haut le tourment bénin de mes tergiversations, je perdis mes dernières forces. À ce moment deux nouveaux coups furent frappés, — deux seulement, deux coups faibles et rapides, — et ma nièce dit : « Il va partir… » d'une voix basse et si complètement découragée que je n'attendis pas davantage et dis d'une voix claire : « Entrez, monsieur. »

Pourquoi ajoutai-je : monsieur ? Pour marquer que j'invitais l'homme et non l'officier ennemi ? Ou, au contraire, pour montrer que je n'ignorais pas *qui* avait frappé et que c'était bien à celui-là que je m'adressais ? Je ne sais. Peu importe. Il subsiste que je dis : entrez, monsieur ; et qu'il entra.

J'imaginais le voir paraître en civil et il était en uniforme. Je dirais volontiers qu'il était plus que jamais en uniforme, si l'on comprend par là qu'il m'apparut clairement que, cette tenue, il l'avait endossée dans la ferme intention de nous en imposer la vue. Il avait rabattu la porte sur le mur et il se tenait droit dans l'embrasure [1], si droit et si raide que j'en étais presque à douter si j'avais devant moi le même homme et que, pour la première fois, je pris garde à sa ressemblance surprenante avec l'acteur Louis Jouvet [2]. Il resta ainsi quelques secondes droit, raide et silencieux, les pieds légèrement écartés et les bras tombant sans expression le long du corps, et le visage si froid, si parfaitement impassible, qu'il ne semblait pas que le moindre sentiment pût l'habiter.

1. *Embrasure* (f.) : ouverture pratiquée dans un mur pour recevoir une porte ou une fenêtre.

2. *Louis Jouvet* (1887-1951) : acteur, metteur en scène et directeur de théâtre, essayiste, qui a eu une grande influence sur le théâtre de l'entre-deux-guerres. Parmi ses succès citons les mises en scène de Giraudoux (*Siegfried*, 1928 ; *Électre*, 1937 ; *Ondine*, 1939) et de Molière (*L'École des femmes*, 1936). Il a tourné aussi de nombreux films (*Drôle de drame, Hôtel du Nord, Knock*).

« Je regardai ma nièce, pour pêcher dans ses yeux un encouragement ou un signe. »

Mais moi qui étais assis dans mon fauteuil profond et avais le visage à hauteur de sa main gauche, je voyais cette main, mes yeux furent saisis par cette main et y demeurèrent comme enchaînés à cause du spectacle pathétique qu'elle me donnait et qui démentait pathétiquement toute l'attitude de l'homme…

J'appris ce jour-là qu'une main peut, pour qui sait l'observer, refléter les émotions aussi bien qu'un visage, — aussi bien et mieux qu'un visage car elle échappe davantage au contrôle de la volonté. Et les doigts de cette main-là se tendaient et se pliaient, se pressaient et s'accrochaient, se livraient à la plus intense mimique tandis que le visage et tout le corps demeuraient immobiles et compassés.

Puis les yeux parurent revivre, ils se portèrent un instant sur moi, — il me sembla être guetté par un faucon, — des yeux luisants entre les paupières écartées et raides, les paupières à la fois fripées [1] et raides d'un être tenu par l'insomnie. Ensuite ils se posèrent sur ma nièce — et ils ne la quittèrent plus.

La main enfin s'immobilisa, tous les doigts repliés et crispés dans la paume, la bouche s'ouvrit (les lèvres en se séparant firent : « Pp… » comme le goulot [2] débouché d'une bouteille vide), et l'officier dit, — sa voix était plus sourde que jamais :

— Je dois vous adresser des paroles graves.

Ma nièce lui faisait face, mais elle baissait la tête. Elle enroulait autour de ses doigts la laine d'une pelote, tandis que la pelote se défaisait en roulant sur le tapis ; ce travail absurde était le seul sans doute qui pût encore s'accorder à son attention abolie, — et lui épargner la honte.

L'officier reprit, — l'effort était si visible qu'il semblait que ce fût au prix de sa vie :

1. *Fripé* : ridé.
2. *Goulot* (m.) : col étroit d'une bouteille.

— Tout ce que j'ai dit ces six mois, tout ce que les murs de cette pièce ont entendu… » — il respira, avec un effort d'asthmatique, garda un instant la poitrine gonflée… « il faut… » Il respira : « il faut l'oublier. »

La jeune fille lentement laissa tomber ses mains au creux de sa jupe, où elles demeurèrent penchées et inertes comme des barques échouées sur le sable, et lentement elle leva la tête, et alors, pour la première fois, — pour la première fois — elle offrit à l'officier le regard de ses yeux pâles.

Il dit (à peine si je l'entendis) : *Oh welch'ein Licht !* [1], pas même un murmure ; et comme si en effet ses yeux n'eussent pas pu supporter cette lumière, il les cacha derrière son poignet. Deux secondes ; puis il laissa retomber sa main, mais il avait baissé les paupières et ce fut à lui désormais de tenir ses regards à terre…

Ses lèvres firent : « Pp… » et il prononça, — la voix était sourde, sourde, sourde :

— J'ai vu ces hommes victorieux.

Puis, après quelques secondes, d'une voix plus basse encore :

— Je leur ai parlé. » Et enfin dans un murmure, avec une lenteur amère :

— Ils ont ri de moi.

Il leva les yeux sur ma personne et avec gravité hocha trois fois imperceptiblement la tête. Les yeux se fermèrent, puis :

— Ils ont dit : « Vous n'avez pas compris que nous les bernons [2] ? » Ils ont dit cela. Exactement. *Wir prellen sie* [3]. Ils ont dit : « Vous ne supposez pas que nous allons sottement laisser la France se relever à notre frontière ? Non ? » Ils rirent très fort. Ils

1. *Oh welch'ein Licht !* : Oh, quelle lumière !
2. *Berner* : tromper.
3. *Wir prellen sie* : nous les bernons, les trompons.

me frappaient joyeusement le dos en regardant ma figure : « Nous ne sommes pas des musiciens ! »

Sa voix marquait, en prononçant ces derniers mots, un obscur mépris, dont je ne sais s'il reflétait ses propres sentiments à l'égard des autres, ou le ton même des paroles de ceux-ci.

— Alors j'ai parlé longtemps, avec beaucoup de véhémence. Ils faisaient : « Tst ! Tst ! » Ils ont dit : « La politique n'est pas un rêve de poète. Pourquoi supposez-vous que nous avons fait la guerre ? Pour leur vieux Maréchal [1] ? » Ils ont encore ri : « Nous ne sommes pas des fous ni des niais : nous avons l'occasion de détruire la France, elle le sera. Pas seulement sa puissance : son âme aussi. Son âme surtout. Son âme est le plus grand danger. C'est notre travail en ce moment : ne vous y trompez pas, mon cher ! Nous la pourrirons par nos sourires et nos ménagements. Nous en ferons une chienne rampante [2]. »

Il se tut. Il semblait essoufflé. Il serrait les mâchoires avec une telle énergie que je voyais saillir les pommettes, et une veine, épaisse et tortueuse comme un ver, battre sous la tempe. Soudain toute la peau de son visage remua, dans une sorte de frémissement souterrain, — comme fait un coup de brise sur un lac ; comme, aux premières bulles, la pellicule de crème durcie à la surface d'un lait qu'on fait bouillir. Et ses yeux s'accrochèrent aux yeux pâles et dilatés de ma nièce, et il dit sur un ton bas, uniforme, intense et oppressé avec une lenteur accablée :

— Il n'y a pas d'espoir. » Et d'une voix plus sourde encore et plus basse, et plus lente, comme pour se torturer lui-même de cette intolérable constatation : « Pas d'espoir. Pas d'espoir. » Et soudain, d'une voix inopinément haute et forte, et à ma surprise

1. *Pour leur vieux Maréchal* : il s'agit encore de Pétain.

2. *Chienne rampante* : femelle de chien (terme d'injure à l'égard des femmes) qui rampe, qui s'abaisse dans une position servile, soumise, vile.

claire et timbrée, comme un coup de clairon [1], — comme un cri : « Pas d'espoir ! »

Ensuite, le silence.

Je crus l'entendre rire. Son front, bourrelé [2] et fripé, ressemblait à un grelin [3] d'amarre. Ses lèvres tremblèrent, — des lèvres de malade à la fois fiévreuses et pâles.

— Ils m'ont blâmé, avec un peu de colère : « Vous voyez bien ! Vous voyez combien vous l'aimez ! Voilà le grand Péril ! Mais nous guérirons l'Europe de cette peste ! Nous la purgerons de ce poison ! » Ils m'ont tout expliqué, oh ! ils ne m'ont rien laissé ignorer. Ils flattent vos écrivains, mais en même temps, en Belgique, en Hollande, dans tous les pays qu'occupent nos troupes, ils font déjà le barrage. Aucun livre français ne peut plus passer, — sauf les publications techniques, manuels de dioptrique [4] ou formulaires de cémentation... Mais les ouvrages de culture générale, aucun. Rien !

Son regard passa par-dessus ma tête, volant et se cognant aux coins de la pièce comme un oiseau de nuit égaré. Enfin il sembla trouver refuge sur les rayons les plus sombres, — ceux où s'alignent Racine, Ronsard, Rousseau [5]. Ses yeux restèrent accrochés là et sa voix reprit, avec une violence gémissante :

— Rien, rien, personne ! » Et comme si nous n'avions pas compris encore, pas mesuré l'énormité de la menace : « Pas seulement vos modernes ! Pas seulement vos Péguy, vos Proust,

1. *Clairon* (m.) : sorte de trompette utilisée par les militaires.
2. *Bourrelé* : plissé.
3. *Grelin* (m.) : gros cordage servant à amarrer un bateau, c'est-à-dire à le retenir à quai.
4. *Dioptrique* (f.) : partie de l'optique qui traite de la réfraction de la lumière.
5. *Ronsard, Rousseau* : Pierre de Ronsard (1524-1585), poète de la Pléiade. L'ordre alphabétique le rapproche de Jean-Jacques Rousseau (1712-1778), l'auteur du *Contrat social*, de *La Nouvelle Héloïse*, des *Rêveries du promeneur solitaire*.

vos Bergson [1]… Mais tous les autres ! Tous ceux-là ! Tous ! Tous ! Tous ! »

Son regard encore une fois balaya les reliures doucement luisant dans la pénombre, comme pour une caresse désespérée.

— Ils éteindront la flamme [2] tout à fait ! cria-t-il. L'Europe ne sera plus éclairée par cette lumière !

Et sa voix creuse et grave fit vibrer jusqu'au fond de ma poitrine, inattendu et saisissant, le cri dont l'ultime syllabe traînait comme une frémissante plainte :

— Nevermore [3] !

Le silence tomba une fois de plus. Une fois de plus, mais, cette fois, combien plus obscur et tendu ! Certes, sous les silences d'antan [4], — comme, sous la calme surface des eaux, la mêlée des bêtes dans la mer, — je sentais bien grouiller la vie sous-marine des sentiments cachés, des désirs et des pensées qui se nient et qui luttent. Mais sous celui-ci, ah ! rien qu'une affreuse oppression…

La voix brisa enfin ce silence. Elle était douce et malheureuse.

1. *Péguy* […] *Bergson* : Charles Péguy (1873-1914), poète, polémiste, essayiste, militant engagé dans le socialisme humanitaire, la foi catholique, le patriotisme. Vercors dit de Péguy : « […] ce Péguy catholique et nationaliste que les Vichyssois tentaient avec impudence d'embaucher dans leurs rangs ».
Henri Bergson, philosophe de l'intuition (1859-1941) a été le maître à penser de Péguy et de Marcel Proust. Vercors écrit sur l'hiver 1941 : « Le 1er janvier mourait Henri Bergson. Il était juif : sur l'ordre du ministre on cerna la maison, empêchant tout cortège, et en manière d'obsèques nationales on l'enterra à la sauvette ».

2. *Ils éteindront la flamme* : la phrase fait allusion à la citation tirée d'*Othello*.

3. *Nevermore* : « jamais plus », refrain d'un poème de l'écrivain américain Edgar Allan Poe (1809-1849), *The Raven* (*Le Corbeau*, 1845), traduit par Baudelaire en 1853 et titre d'un sonnet de Paul Verlaine dans *Poèmes saturniens* (1866). Bruller-Vercors débute dans sa carrière d'illustrateur avec des dessins sur *Le Corbeau* de Poe.

4. *D'antan* : du temps passé, d'autrefois.

— J'avais un ami. C'était mon frère. Nous avions étudié de compagnie [1]. Nous habitions la même chambre à Stuttgart [2]. Nous avions passé trois mois ensemble à Nuremberg. Nous ne faisions rien l'un sans l'autre : je jouais devant lui ma musique ; il me lisait ses poèmes. Il était sensible et romantique. Mais il me quitta. Il alla lire ses poèmes à Munich, devant de nouveaux compagnons. C'est lui qui m'écrivait sans cesse de venir les retrouver. C'est lui que j'ai vu à Paris avec ses amis. J'ai vu ce qu'ils ont fait de lui !

Il remua lentement la tête, comme s'il eût dû opposer un refus douloureux à quelque supplication.

— Il était le plus enragé ! Il mélangeait la colère et le rire. Tantôt il me regardait avec flamme et criait : « C'est un venin ! Il faut vider la bête de son venin ! » Tantôt il donnait dans mon estomac des petits coups du bout de son index : « Ils ont la grande peur maintenant, ah ! ah ! ils craignent pour leurs poches et pour leur ventre, — pour leur industrie et leur commerce ! Ils ne pensent qu'à ça ! Les rares autres, nous les flattons et les endormons, ah ! ah !... Ce sera facile ! » Il riait et sa figure devenait toute rose : « Nous échangeons leur âme contre un plat de lentilles ! »

Werner respira :

— J'ai dit : « Avez-vous mesuré ce que vous faites ? L'avez-vous MESURÉ ? » Il a dit : « Attendez-vous que cela nous intimide ? Notre lucidité est d'une autre trempe ! » J'ai dit : « Alors vous scellerez [3] ce tombeau ? — à jamais ? » Il a dit : « C'est la vie ou la mort. Pour conquérir suffit la Force [4] : pas

1. *De compagnie* : ensemble.
2. *Stuttgart* : ville allemande qui a un important rôle culturel (grandes écoles, université, industries du livre et fabrications d'instruments de musique).
3. *Sceller* : fermer hermétiquement.
4. *Pour conquérir suffit la Force* : pour conquérir la Force suffit.

pour dominer. Nous savons très bien qu'une armée n'est rien pour dominer. »

— « Mais au prix de l'Esprit ! criai-je. Pas à ce prix ! » — « L'Esprit ne meurt jamais, dit-il. Il en a vu d'autres. Il renaît de ses cendres. Nous devons bâtir pour dans mille ans : d'abord il faut détruire. » Je le regardais. Je regardais au fond de ses yeux clairs. Il était sincère, oui. C'est ça le plus terrible.

Ses yeux s'ouvrirent très grands, — comme sur le spectacle de quelque abominable meurtre :

— Ils feront ce qu'ils disent ! » s'écria-t-il comme si nous n'avions pas dû le croire. « Avec méthode et persévérance ! Je connais ces diables acharnés ! »

Il secoua la tête, comme un chien qui souffre d'une oreille. Un murmure passa entre ses dents serrées, le « oh » gémissant et violent de l'amant trahi.

Il n'avait pas bougé. Il était toujours immobile, raide et droit dans l'embrasure de la porte, les bras allongés comme s'ils eussent eu à porter des mains de plomb ; et pâle, — non pas comme de la cire, mais comme le plâtre de certains murs délabrés [1] : gris, avec des taches plus blanches de salpêtre [2].

Je le vis lentement incliner le buste. Il leva une main. Il la projeta, la paume en dessous, les doigts un peu pliés, vers ma nièce, vers moi. Il la contracta, il l'agita un peu tandis que l'expression de son visage se tendait avec une sorte d'énergie farouche [3]. Ses lèvres s'entrouvrirent, et je crus qu'il allait nous lancer je ne sais quelle exhortation : je crus, — oui, je crus qu'il allait nous encourager à la révolte. Mais pas un mot ne franchit ses lèvres. Sa bouche se ferma, et encore une fois ses yeux. Il se redressa. Ses mains montèrent le long du corps, se livrèrent à la

1. *Délabré* : qui est en mauvais état, en ruine.
2. *Salpêtre* (m.) : tâche de nitrate qui se forment sur les vieux murs.
3. *Farouche* : sauvage, violent.

hauteur du visage à un incompréhensible manège, qui ressemblait à certaines figures des danses religieuses de Java [1]. Puis il se prit les tempes et le front, écrasant ses paupières sous les petits doigts allongés.

— Ils m'ont dit : « C'est notre droit et notre devoir. » Notre devoir ! Heureux celui qui trouve avec une aussi simple certitude la route de son devoir !

Ses mains retombèrent.

— Au carrefour, on vous dit : « Prenez cette route-là. » Il secoua la tête. « Or, cette route, on ne la voit pas s'élever vers les hauteurs lumineuses des cimes, on la voit descendre vers une vallée sinistre, s'enfoncer dans les ténèbres fétides d'une lugubre forêt !... Ô Dieu ! Montrez-moi où est MON devoir ! »

Il dit, — il cria presque :

— C'est le Combat, — le Grand Bataille [2] du Temporel contre le Spirituel !

Il regardait, avec une fixité lamentable l'ange de bois sculpté au-dessus de la fenêtre, l'ange extatique et souriant, lumineux de tranquillité céleste.

Soudain son expression sembla se détendre. Le corps perdit de sa raideur. Son visage s'inclina un peu vers le sol. Il le releva :

— J'ai fait valoir mes droits, dit-il avec naturel. J'ai demandé à rejoindre une division en campagne [3]. Cette faveur m'a été enfin accordée : demain, je suis autorisé à me mettre en route.

Je crus voir flotter sur ses lèvres un fantôme de sourire quand il précisa :

— Pour l'enfer.

Son bras se leva vers l'Orient [4], — vers ces plaines immenses

1. *Java* : île d'Indonésie.
2. *Le Grand Bataille* : autre erreur de genre on dirait : *La Grande Bataille.*
3. *Une division en campagne* : une division qui combat sur le front.
4. *Vers l'Orient* : à l'est, vers le front russe.

où le blé futur sera nourri de cadavres.

Je pensai : « Ainsi il se soumet. Voilà donc tout ce qu'ils savent faire. Ils se soumettent tous. Même cet homme-là. »

Le visage de ma nièce me fit peine. Il était d'une pâleur lunaire. Les lèvres, pareilles aux bords d'un vase d'opaline, étaient disjointes, elles esquissaient la moue [1] tragique des masques grecs. Et je vis, à la limite du front et de la chevelure non pas naître, mais jaillir, — oui, jaillir, — des perles de sueur.

Je ne sais si Werner von Ebrennac le vit. Ses pupilles, celles de la jeune fille, amarrées [2] comme, dans le courant, la barque à l'anneau de la rive, semblaient l'être par un fil si tendu, si raide, qu'on n'eût pas osé passer un doigt entre leurs yeux. Ebrennac d'une main avait saisi le bouton de la porte. De l'autre, il tenait le chambranle [3]. Sans bouger son regard d'une ligne, il tira lentement la porte à lui. Il dit, — sa voix était étrangement dénuée d'expression :

— Je vous souhaite une bonne nuit.

Je crus qu'il allait fermer la porte et partir. Mais non. Il regardait ma nièce. Il la regardait. Il dit, — il murmura :

— Adieu.

Il ne bougea pas. Il restait tout à fait immobile, et dans son visage immobile et tendu, les yeux étaient plus encore immobiles et tendus, attachés aux yeux, — trop ouverts, trop pâles, — de ma nièce. Cela dura, dura, — combien de temps ? — dura jusqu'à ce qu'enfin, la jeune fille remuât les lèvres. Les yeux de Werner brillèrent.

J'entendis :

— Adieu.

1. *La moue* (f.) : grimace de mécontentement, qu'on fait en allongeant les lèvres.
2. *Amarré* : attaché, retenu par une amarre.
3. *Chambranle* (m.) : encadrement d'une porte.

Il fallait avoir guetté ce mot pour l'entendre, mais enfin je l'entendis. Von Ebrennac aussi l'entendit, et il se redressa, et son visage et tout son corps semblèrent s'assoupir comme après un bain reposant.

Et il sourit, de sorte que la dernière image que j'eus de lui fut une image souriante. Et la porte se ferma et ses pas s'évanouirent au fond de la maison.

Il était parti quand, le lendemain, je descendis prendre ma tasse de lait matinale. Ma nièce avait préparé le déjeuner, comme chaque jour. Elle me servit en silence. Nous bûmes en silence. Dehors luisait au travers de la brume un pâle soleil. Il me sembla qu'il faisait très froid.

Octobre 1941.

Les illusions perdues

Une page blanche et la citation tirée d'*Othello* marquent la séparation entre la première partie où l'Allemand souriant déclare ses espoirs politiques et avoue ses projets personnels, et la seconde où l'on assiste à sa dramatique prise de conscience et à sa déception par rapport aux intentions allemandes dans la guerre.

1. Précisez la signification de la phrase shakespearienne relativement à l'histoire.

2. L'absence temporaire de l'Allemand ne brise pas le silence, mais crée une attente. Quels en sont les signaux révélateurs ?

3. Remarquez les changements de l'aspect et du comportement de l'Allemand à la Kommandantur.

4. Combien de temps s'est écoulé entre le départ de l'Allemand, son retour, et sa dernière visite ?

5. Comparez les deux scènes parallèles, dans la première et dans la seconde partie, de l'entrée de l'Allemand dans le petit salon de ses hôtes. En quoi son comportement est-il différent ?
Pourquoi ne referme-t-il pas la porte ?

6. Dressez une liste des adjectifs, des adverbes, des verbes qui accompagnent la lente préparation de son entrée.
Quelle impression veut suggérer le narrateur ?

7. Pourquoi l'Allemand se présente-t-il en uniforme ? En quoi la tenue militaire change-t-elle son attitude ?

8. De quelle manière la comparaison avec l'acteur Louis Jouvet très connu du public français, complète-t-elle le portrait de l'Allemand ?

9. Relevez les transformations physiques et de conduite de l'Allemand, après son entrée dans la pièce.
Quant à son langage, est-il différent ?

10. Lisez le discours de l'Allemand en interprétant les indications de modulation de la voix dans la diction (sourde, soupirante, etc. et complétez la liste), comme si l'Allemand interprétait sur scène son dernier monologue.

11. Le narrateur ne nomme jamais W. Von Ebrennac un *nazi*, mais l'appelle toujours *Allemand*. Expliquez-en les raisons, en tenant compte aussi de cette observation de Vercors : « C'est que je veux croire encore que l'âme allemande, celle de la vieille Allemagne kantienne et humaniste, ne s'est pas engouffrée tout entière dans le maelström nazi ; qu'elle résiste sourdement et que nous la retrouvons vivante » (*La Bataille du Silence*, voir Sélection Bibliographique, p. 74).

12. Le personnage d'un officier des SS qui ignore les objectifs de guerre de Hitler, vous semble-t-il crédible, ou vous semble-t-il plutôt un personnage « à thèse », construit en fonction d'une démonstration ?

13. Comment interprétez-vous le choix de l'Allemand de mourir en bataille, au champ d'honneur ? S'agit-il d'un rachat libérateur ou d'une ultérieure soumission ?

14. On a souvent critiqué la « fausseté » de ce type de militaire allemand naïf et délicat. Cet éclaircissement donné en 1945 par Vercors dans son *Discours aux Allemands*, vous semble-t-il convaincant ? : « On n'a pas toujours compris que ce roman de la dignité humaine était celui aussi de cette atroce révélation, de cette atroce désillusion. On n'a pas toujours su reconnaître qu'il se termine sur la mise au tombeau d'un ultime espoir, d'un espoir désespéré qui vient d'être assassiné de la main même du meilleur des Allemands possible, puisque ce meilleur des Allemands possible, loin de céder à la révolte, trouve le chemin de son devoir dans la soumission à ses maîtres, dont il a pourtant mesuré la forfaiture. De ses maîtres dont il ne peut plus douter qu'ils sont seulement des scélérats sanguinaires. Car cette dernière illusion aussi s'en est allée : que peut-être le peuple allemand *ne sait pas* quelles atrocités sont commises par ses armées ».

15. Dans le film de Melville, à la fin, l'Allemand, avant de partir pour la Russie, lit dans un livre de l'oncle une phrase d'Anatole France qui invite les soldats à désobéir aux ordres de leurs supérieurs. Imaginez que l'Allemand accepte cette suggestion : quel pourrait être alors le dénouement du récit ?

Substituts de la parole

1. Relevez les nombreuses notations sonores. Quelle est leur valeur fonctionnelle ?

2. Pourquoi le rôle de la vue, du mouvement significatif des yeux et des paupières, de l'échange des regards est-il encore toujours considérable ?
Dressez une liste des expressions qui appartiennent au même champ lexical (ensemble de termes se rattachant à la même notion) du regard.

3. Comment les mains de l'Allemand trahissent-elles son état intérieur ? Suivez son jeu de mains complexe et expliquez les messages qu'elles véhiculent.

4. Malgré l'absence de mots, tout le corps de la jeune fille « parle ». Donnez une interprétation possible à chacun de ses mouvements.
Examinez l'évolution de ses réactions.
Comment se manifeste son angoisse ?

5. Montrez en quoi s'opposent la mimique des mains, la position du corps, et l'expression du visage des deux personnages.

6. Dans le mot Adieu se concentre tout un discours muet. Imaginez un dernier dialogue entre l'Allemand et la nièce.

7. À la fin du récit le silence entre la nièce et l'oncle a une valeur différente par rapport aux autres situations de silence. Comment peut-on l'interpréter ?

Aspects de la narration

1. Précisez quand a lieu la narration par rapport aux événements racontés.

2. Quel est l'effet produit par ce bref et unique chapitre dans la dramatisation finale du récit ?

3. De quelle façon, après les trois coups frappés à la porte, le narrateur accélère-t-il le rythme de son récit ?

4. Relevez des ellipses (le narrateur résume ce qui s'est passé en peu de mots) qui suspendent et condensent la narration.

5. Récrivez au discours indirect (paroles d'autrui rapportées par l'intermédiaire d'un verbe introductif comme « il dit que »), le dernier monologue de l'Allemand.

Les procédés de l'écriture

1. Analysez la technique de la répétition de phrases, d'adjectifs (en couples aussi), d'incises.
Expliquez en particulier, la valeur qu'assume la répétition dans le discours de l'Allemand.

2. Quelles sont les marques d'émotivité — du point de vue également typographique — qui soulignent l'état d'incertitude et d'indignation de l'Allemand ?

3. Relevez les nombreuses comparaisons introduites par *comme*, en classant celles qui mettent en parallèle un paysage naturel, marin, des objets, des habitudes quotidiennes, des effets sonores.

4. À travers quels procédés (construction des phrases, rythme...) l'auteur parvient-il à un registre d'écriture simple et sobre ?

La représentation de la Guerre

1. Que pensez-vous de la réflexion de l'oncle : « je ne puis sans souffrir offenser un homme, fût-il mon ennemi » ?

2. Le narrateur emploie trois fois le terme *absurde*. Quelles sont les résonances qu'il introduit ?
Comment le narrateur contribue-t-il à suggérer une idée d'absurdité ?

3. Le thème de la guerre acquiert toute sa violence destructrice. Que signifie « tuer l'âme » de la France ?

4. Étudiez le champ lexical de la destruction.

5. Commentez la juxtaposition guerre/culture, guerre/littérature.

6. Analysez le passage où est explicité le sens du titre *Le Silence de la mer*, dans le contraste surface calme/profondeurs obscures.

7. Ce contraste est illustré aussi par l'opposition lumière/ténèbres. Cherchez les passages où ce contraste éclaire la lutte du Temporel (la Guerre) contre le Spirituel (l'Esprit).

8. La guerre semble métamorphoser l'être humain et lui faire perdre ses qualités en le rendant un instrument de violence.
Commentez cette dégradation et cette négation de « l'humain » en analysant le passage où Werner raconte son colloque à Paris avec son camarade d'études.
Commentez également cette observation de Vercors, de l'été 1944 : « [...] des sentiments que j'abhorrais s'étaient emparés de nous : la haine, et le désir de meurtre et de vengeance, et la satisfaction de voir souffrir l'ennemi, et cette indifférence glacée à des morts trop nombreuses ».

9. Réfléchissez sur cette présentation de la guerre comme une duperie fondée sur le mensonge, le malentendu, la mystification — le contraire de la vérité.

10. Commentez cette affirmation de Vercors : « Je suis devenu écrivain à cause de la guerre, à cause du nazisme. Le nazisme rasait la vision humoristique, négative et pessimiste qu'avaient exprimée mes dessins : en réaction cette vision de l'absurde s'est transfigurée dans la recherche du sens que l'homme peut donner à son destin, à sa condition, à ce qui le fait homme ».

11. Établissez des connexions entre ce souvenir de Vercors qui remonte à l'été 1940 (*La Bataille du Silence*, voir Sélection Bibliographique, p. 74) et *Le Silence de la mer* : « À Saintes, me dit ma mère, la population avait fait aux vainqueurs un accueil chaleureux, les filles agitant des mouchoirs, des écharpes pour ces jeunes motards athlétiques, beaux comme des dieux et qui les regardaient en riant. Ah, sans une autre guerre, qu'il eût été apaisant de pouvoir me réjouir de cette concorde, de pouvoir croire à cette réconciliation ! Hélas ! dans cette attitude des Français, je ne pouvais trouver que lâcheté ou aveuglement, sans même savoir ce qui serait le pire. Des lâches, la première peur passée, peuvent se reprendre, se réveiller. Des aveugles risquent de n'ouvrir les yeux que lorsqu'il sera trop tard ».

12. Commentez cette page de Jean-Paul Sartre (*Situations, II*, 1948, voir note 13, p. XVII) consacrée au *Silence de la mer*.

Pour prendre un exemple plus proche encore, il est frappant que *Le Silence de la mer*, ouvrage qui fut écrit par un résistant de la première heure et dont le but est manifeste à nos yeux, n'ait rencontré que de l'hostilité dans les milieux émigrés de New-York, de Londres, parfois même d'Alger et qu'on ait été jusqu'à taxer son auteur de collaborationnisme. C'est que Vercors ne visait pas ce public-*là*. Dans la zone occupée, au contraire, personne n'a douté des intentions de l'auteur ni de l'efficacité de son écrit : il écrivait pour nous. Je ne pense pas, en effet, que l'on puisse défendre Vercors en disant que son Allemand est vrai, vrais son vieillard français et sa jeune fille française. Kœstler a écrit là-dessus de très bonne pages : le silence des deux Français n'a pas de vraisemblance psychologique ; il a même un goût léger d'anachronisme : il rappelle le mutisme têtu des paysans patriotes de Maupassant pendant une autre occupation ; une *autre* occupation avec d'autres espoirs, d'autres angoisses, d'autres mœurs. Quant à l'officier allemand, son portrait ne manque pas de vie, mais, comme il va de soi, Vercors, qui, dans le même temps, refusait tout contact avec l'armée d'occupation, l'a fait « de chic » en combinant les éléments probables de ce caractère. Ainsi n'est-ce pas au nom de la *vérité* que l'on doit préférer ces images à celles que la propagande des Anglo-Saxons forgeait chaque jour. Mais pour un Français de la métropole le roman de Vercors en 1941 était le plus *efficace*. Quand l'ennemi est séparé de vous par une barrière de feu, vous devez le juger en bloc comme l'incarnation du mal : toute guerre est un manichéisme. Il est donc compréhensible que les journaux d'Angleterre ne perdissent pas leur temps à distinguer le bon grain de l'ivraie dans l'armée allemande. Mais, inversement, les populations vaincues et occupées, mélangées à leurs vainqueurs, réapprennent, par l'accoutumance, par les effets d'une propagande habile, à les considérer comme des hommes. Des hommes bons ou mauvais ; bons *et* mauvais à la fois. Une œuvre qui leur eût présenté les soldats allemands en 41 comme des ogres eût fait rire et manqué son but. Dès la fin de 42, *Le Silence de la mer*, avait perdu son efficace : c'est que la guerre recommençait sur notre territoire : d'un côté, propagande clandestine, sabotages, déraillements, attentats ; de l'autre, couvre-feu, déportations, emprisonnements, tortures, exécutions d'otages. Une invisible barrière de feu séparait à nouveau les Allemands des Français ; nous ne voulions plus savoir si les Allemands qui arrachaient les yeux et les ongles à nos amis étaient des complices ou des victimes du nazisme ; en face d'eux il ne suffisait plus de garder un silence hautain, ils ne l'eussent pas toléré d'ailleurs : à ce tournant de la guerre, il fallait être avec eux ou contre eux ; au milieu des bombardements et des massacres, des villages brûlés, des déportations, le roman de Vercors semblait une idylle : il avait perdu son public. Son public c'était l'homme de 41, humilié par la défaite, mais surpris par la courtoisie apprise de l'occupant, sincèrement désireux de la paix, terrifié par le fantôme du bolchevisme, égaré par les discours de Pétain. À cet homme-là, il était vain de présenter les Allemands comme des brutes sanguinaires, il fallait lui concéder, au contraire, qu'ils puissent être polis et même sympathiques, et puisqu'il avait découvert avec surprise que la plupart d'entre eux étaient « des hommes comme nous», il fallait lui remontrer que, même en ce cas, la fraternité était impossible, que les soldats étrangers étaient d'autant plus malheureux et plus impuissants qu'ils semblaient plus sympathiques et qu'il faut lutter contre un régime et contre une idéologie néfastes même si les hommes qui nous les apportent ne nous paraissent pas mauvais. Et comme on s'adressait en somme à une foule passive, comme il y avait encore assez peu d'organisations importantes et qu'elles se montraient fort et précautionneuses quant à leur recrutement, la seule forme d'opposition qu'on pouvait réclamer de la population, c'était le silence, le mépris, l'obéissance forcée et qui témoigne de l'être. Ainsi le roman de Vercors définit son public ; en le définissant, il se définit lui-même : il veut combattre dans l'esprit de la bourgeoisie française de 41, les effets de l'entrevue de Montoire. Un an et demi après la défaite, il était vivant, virulent, efficace. Dans un demi-siècle il ne passionnera plus personne. Un public mal renseigné le lira encore comme un conte agréable et un peu languissant sur la guerre de 1939. Il paraît que les bananes ont meilleur goût quand on vient de les cueillir : les ouvrages de l'esprit, pareillement, doivent se consommer sur place.

Sélection Bibliographique

Principales éditions

Le Silence de la mer, Éditions de Minuit, 1942 (en clandestinité).

Le Silence de la mer, Préface de Maurice Druon, Londres, « Les Cahiers du Silence », 1943.

Le Silence de la mer, suivi des récits *Désespoir est mort, Ce jour-là, Le Songe, L'Impuissance, Le Cheval et la Mort, L'Imprimerie de Verdun*, Paris, Albin Michel, 1951.

Le Silence de la mer, Paris, Livre de poche, 1959.

Littérature et Résistance

J. DEBÛ-BRIDEL, *Les Éditions de Minuit, historique et bibliographie*, Paris, Éditions de Minuit, 1945.

K. BIEBER, *L'Allemagne vue par les écrivains de la Résistance*, Genève-Lille, Droz-Giard, 1954.

VERCORS, *De la Résistance à la philosophie*, Conférence donnée au Centre de Philologie et de Littératures romanes de Strasbourg le 8 décembre 1966, dans « Travaux de linguistique et de littérature », Strasbourg, 1967.

VERCORS, *La Bataille du Silence*, Paris, Presses de la Cité, 1967 ; Éditions de Minuit, 1992.

La Résistance intellectuelle, textes réunis et présentés par J. DEBÛ-BRIDEL, Paris, Juillard, 1970.

Ouvrages sur Vercors

I. CALVINO, *Vercors,* « Ausonia », 24, III, mai 1948.

Y. LE HIR, *L'art et la technique de Vercors,* « Letterature moderne », IV, 2, mars-avril, 1953.

N. CLERICI, *Vercors,* préface à *L'Imprimerie de Verdun e altri scritti,* Milano, Principato, 1961.

R. KOSTANTINOVICH, *Vercors écrivain et dessinateur,* Paris, Klincksieck, 1969 (la première et l'unique étude complète).

J. BRULLER, *Jean Bruller et Vercors,* « Europe » (*La poésie et la Résistance*), juillet-août 1974, pp. 333-349.

L. SCHELER, *Vercors, écrivain de lumière, éditeur de minuit,* « Europe », décembre 1991, pp. 166-171.

À dire vrai, entretiens de Vercors avec Gilles Plazy, Paris, Éditions François Bourin, 1991.

Études sur *Le Silence de la mer*

G. De BENEDETTI, *Il Silenzio del mare,* « La Nuova Europa », 28 janvier 1945 (*Saggi critici,* Milano, Il Saggiatore, 1959).

J. RAYMOND, *Vercors à l'Université ou « Le Silence de la mer » 30 ans après,* « Les Lettres françaises », 1448, 23 août 1972.

F. PETRALIA, *Introduzione* a Vercors, *Le Silence de la mer,* Milano, Mursia, 1973, pp. 5-13.

W. KIDD, *Vercors : « Le Silence de la mer » et autres récits,* University of Glasgow French and German Publications, 1991.

P. BAHUAU, *L'imaginaire dans « Le Silence de la mer »,* « Recherches sur l'Imaginaire », Cahier XXII, 1991, pp. 33-53.

G. BOSCO, *Introduzione* a Vercors, *Le Silence de la mer – Il silenzio del mare,* Torino, Einaudi, 1994, pp. VII-XXIV.

Adaptations

Adaptation cinématographique de Jean-Pierre Melville, 1949. Dans son entretien avec G. Plazy, Vercors affirme : « À l'écran, le monologue de l'officier m'a paru interminable, mais cela n'a pas été le sentiment des spectateurs, et donc tant mieux. Sa plus grande qualité, à mes yeux, c'est sa fidélité au texte. Il n'y manque pas une virgule. Et c'est évidemment exceptionnel pour une adaptation filmée ».

Adaptation théâtrale de Jean Mercure, Paris, Théâtre Édouard VII, 22 février 1949 ; Librairie théâtrale 1956.

Adaptation musicale, opéra de chambre de Henri Tomasi, Toulouse, 1962.

Adaptation au Théâtre du Tourtour (direction Jean Favre) le 13 juin 1990.

Table des Matières

Notes

Notes

Dans la même collection

Alain-Fournier
LE GRAND MEAULNES

H. de Balzac
LE PÈRE GORIOT

S. Beckett
EN ATTENDANT GODOT

Colette
LA CHATTE

M. Duras
MODERATO CANTABILE

G. Flaubert
MADAME BOVARY

G. de Maupassant
SUR L'EAU
UNE VIE

F. Mauriac
THÉRÈSE DESQUEYROUX

Molière
L'AVARE
LE TARTUFFE

M. Proust
UN AMOUR DE SWANN

Racine
PHÈDRE

Stendhal
LE ROUGE ET LE NOIR

Vercors
LE SILENCE DE LA MER

Voltaire
CANDIDE